LE MONT PARNASSE,

OV

DE LA PREFERENCE ENTRE LA PROSE ET LA POËSIE.

LE MONT PARNASSE;
OV
DE LA PREFERENCE ENTRE LA PROSE ET LA POËSIE.

Par M. D. S.

DEDIE'
A MONSEIGNEVR LE COMTE
DE SAINT AIGNAN.

A PARIS,
Chez PIERRE DE BRESCHE, Libraire &
Imprimeur ordinaire de la Reyne, rue S.
Iacques, à l'Image S. Ioseph & S. Ignace.

M. DC. LXIII.

ONSEIGNEVR,

Voicy vn Enfant trouué, que ie vous presente. Il est sans Pere & sans appuy, mais il ne manque point de courage ny de conduite. Ce n'est pas qu'il pretende d'estre aduoüé pour Vostre, ny de faire figure, parmy Vos productions d'esprit & de galanterie, qui font auiourd'huy le diuertissement de S. M. & l'admiration de toute la Cour. Ce seroit là vne estrange ambition pour vn Liure, vne ambition aueugle & capricieuse; on appelleroit, HEROS, Le present que ie vous fais, s'il auoit merité l'adoption des Dieux. C'est assez s'il est honnoré de vostre protection, on sçait bien que vos *In promptu* sont admirables, qu'vn seul *Rebus*, quatre petits vers de vostre maniere meritent d'estre appellez *des Diamans de la Couronne, des Bijoux rares & pretieux*, que tous les Roys de la terre peuuent enuier; Mais que le nostre seul qui est le plus grand & le plus riche de tous les Roys peut acquerir: Vous ne dites rien, & vous n'approuuez rien, qui n'ayt le caractere des graces. C'est pour cela, MONSEIGNEVR, que cherchant à faire la fortune de cét Inconnû, ie suis contraint de m'adresser à Vous, & de Vous l'offrir. Ce demeslé de la Prose & de la Poësie que vous allez voir, n'est pas tant du tribunal d'Apollon que du Vostre. Vous pouuez mieux faire le destin des belles choses que luy-mesme. Ie Vous demande ſeulement pour cét Ouurage vne heure de patience. Promenez-vous dans nos allées de laurier autant de temps qu'il en faut pour rencontrer vne beauté qu'on nomme *Calliope*. C'eſt Vous qu'elle cherche depuis long-temps ; ce fut entre ces mains ſacrées que mon Autheur *Anonyme* preſta ſerment: il iura, & luy promit ſolemnellement, en releuant ſa Couronne, d'en honnorer Voſtre merite & voſtre vertu. C'eſt à vous à qui elle en veut; c'eſt à vous, MONSEIGNEVR, de répondre à ſa ciuilité, & de ſatisfaire à ſon impatience. Elle eſt fort perſuadée que vous eſtes le Courtiſan parfait, que depuis la naiſſance de la Monarchie, la France n'en a point veu de Voſtre force; elle ſçait l'amour & le reſpect que vous auez pour S. M. & que ſi le Ciel vous offroit des Empires, vous n'en voudriés que pour en faire hommage à noſtre inuincible Monarque. Elle eſt toute disposée à vous entendre: car les Muses entendent bien le langage des Dieux, lors que vous luy direz:

Si i'auois sur le front la plus riche Couronne
De celles que le sort ou la naissance donne,
Et que mon Maistre n'en eust point,
Mon zele pour sa gloire à son merite joint
M'obligeroit sur l'heure,
Où ie meure,
Malgré mes yeux presque ébloüis
De me découronner pour couronner LOVIS.
Mais puis qu'il en porte vne, à nulle autre seconde
Dont le brillant éclat ébloüit tout le monde;
I'accepte pour luy seul ce que vous me donnez
Comme vn presage où ie me fonde
Qu'il aura quelque iour des vassaux couronnez.

Cette fille du Ciel l'auoit bien préueu, MONSEIGNEVR, que Vostre adresse & Vostre modestie, estoient sans exemple, que vous vous deffendriez de la Couronne par respect & par ceremonie; mais voicy ce qu'elle oppose à des sentiments aussi soû-

mis

mis & aussi passionnez que sont les Vostres,

Fauory d'Apollon ! qui meritez de l'estre
D'vn plus illustre Maistre.
Celuy dont vous parlez, fait le sort des humains,
Et ne demande pas de presens de nos mains.
Le Parnasse n'a rien ny Iupiter luy-mesme,
Qui ne soit au dessous de sa gloire supréme,
Que si vous pretendez que c'est là vous flatter,
Parce que ce Roy seul merite de porter
Vne illustre Couronne.
Mon innocente erreur est digne de pardon,
C'est l'éclat qui Vous enuironne,
Cher Comte! qui m'oblige à vous faire ce don:
Car entre EPHESTION & le grand ALEXANDRE
Il est aisé de se méprendre.

Il y a pourtant vne grande difference entre Vous & ce fameux fauory. Nous ne sçauons rien de sa vaillance, que sur la foy de Quinte-Curce, ou de quelque autre de ses bons amys : mais la voſtre a bien eû des Hiſtoriens plus authentiques. Elle a eſté intimée à toute la France, par le Senat le plus Auguſte de toute l'Europe ! Vous m'entendez, MONSEIGNEVR, & quoy que Vos grandes actions d'Allemagne, vos emplois & vos commandemens effacent, ce ſemble, cette action particuliere, elle n'eſt pas ſi peu de choſe, qu'elle ne faſſe mentir le Prouerbe ancien, & qu'on ne puiſſe dire de Vous ce qu'on n'oſeroit dire d'Hercule; Mais ny cette action particuliere, qui ſemble incroyable, ny les generales qui ſont ſi éclatantes, ny les Gouuernemens que Vous auez ſi bien meritez, ny plus de vingt bleſſures que vous auez receuës pour le ſeruice de S. M. Tout cela, ſi ie ne me trompe, ne vous donne point tant de joye que la glorieuſe journée de S. Germain, lors que durant la Guerre Ciuile vous menâtes au Roy quatre cens Gentils-hommes de vos amis : c'eſt à dire, MONSEIGNEVR, vne Armée entiere, compoſée d'autant de Capitaines, & d'autant de Chefs, qu'il y auoit de Soldats : mais ie m'embarraſſe dans vn ſi beau ſujet, ſon abondance me ſurprend. Pardonnez, MONSEIGNEVR, à mon zele & à mon empreſſement. Ce n'eſt pas à moy à vous dire Vos loüanges, c'eſt aſſez ſi l'Impreſſion que j'en offre au Public, ne vous déplaiſt pas : Ie laiſſeray donc faire à la diuine Calliope, ſans m'empreſſer de vous mettre d'accord auec elle. Vous eſtes trop bien auec les Diuinitez, pour vous broüiller auec celle-cy; vous ſçauez trop bien l'art de toucher les cœurs, pour n'eſtre pas ſenſible à l'offre de cette Muſe; Vous eſtes trop juſte pour refuſer la recompenſe de voſtre merite, &

vous estes trop genereux pour n'accorder pas vostre protection à celuy qui Vous la demande pour ce petit Ouurage. Ie suis auec respect,

MONSEIGNEVR,

Vostre tres-humble & tres-obeïssant seruiteur,
PIERRE DE BRESCHE.

L'IMPRIMEVR AV LECTEVR.

AMY Lecteur ! ce seroit vne espece d'injustice de vous faire approuuer ce petit Ouurage, ou parce qu'il porte vn beau nom, ou parce qu'il rencontre vn grand Protecteur. Je ne veux point vous surprendre, je ne vous donneray mon Liure que pour ce qu'il vaut, & c'est pour cela que je vous prie de lire cette petite Preface, qui sera comme l'Histoire de sa naissance, & l'éclaircissement de tout son dessein.

IE reuenois d'vn long voyage (peu de temps aprés le Mariage du Roy) lors que ie fus contraint par la necessité de mes affaires, d'arrester dans Arles : Cette Ville est celebre dans la Prouence, & par sa Noblesse & par son antiquité; Elle est peuplée d'vn grand nombre de Gentils-hommes & personnes de qualité, entre lesquels j'en reconnus vn, dont le merite & la vertu ne m'estoient pas inconnuës. Celuy-cy me fit l'honneur de me receuoir dans sa maison, & de payer auec vsure quelque petit seruice qu'il disoit auoir receu de moy dans Paris, & que sa generosité luy rendoit considerable. Vn iour (c'estoit le iour que ie destinois à mon départ) & que tâchant de remercier ses bien-faits par des parolles, ie luy disois que ie ne les oublierois iamais, que ie dirois par tout de sa maison, qu'elle estoit, non seulement le refuge des malheureux & des affligez : mais vn vray Temple d'honneur & de vertu. Il me prit par la main, & me dit en riant : Vous n'auez pas eû le temps de voir le Sanctuaire de ce Temple, il vous faut bien encore quinze iours pour cette visite ; C'est ainsi qu'il appelloit son Cabinet, où i'eus l'honneur d'estre introduit, auec vn plaisir incroyable. Ie vous iure, mon cher Lecteur ! que ie ne fus point marry de la douce violence qu'il me fit pour m'arrester, & vous ne le serez pas à mon aduis d'apprendre ce que i'appris dans ce lieu.

Ie ne vous parleray point de la scituation agreable & commode de ce Cabinet, le Rapide Rhône, qui baigne son pié, & qui le separe d'vne fort belle campagne (si l'on peut donner ce nom à la grande Isle qui se ferme au milieu de cette riuiere) luy en laisse vne veuë libre & fort estenduë, auec la ioüissance d'vne eternelle Musique que font les rossignols & les autres oyseaux qui l'habitent. Il est inutile de vous décrire la propreté de ce Cabinet, la petite, mais sçauante Bibliotheque qui le pare, les Peintures, les fenestrages, le beau balcon, & les autres beautez que i'admirois ; mais voicy ce qui n'est pas inutile, ce me ſemble, & ce qui fait à propos de noſtre Liure. Cinq ou ſix amis de mon hoſte éntrerent aprés nous dans ce Cabinet, qui n'y furent pas long-temps, ſans s'informer de mon nom, & de mon employ. Il leur répondit, en riant, ces quatre parolles : *C'eſt, Meſſieurs, ou ce ſera* (ſi vous l'agreez) *l'Imprimeur de l'Academie.*) N'en faites rien, me dit le premier de ces Meſſieurs qui eſtoit entré: Ce ſeroit pour vous vne miſerable pratique, ou vous n'auriez rien à faire la pluſpart du temps. Mon hoſte adjoûta, que ie ne ſerois pas plus delicat que les Abbez & Prelats à la mode, qui ſe permettent facilement la multiplicité des Benefices, & que l'Imprimeur de la Reine, *pourroit bien adjoûter à ſon Tiltre*, ſans ſcrupule, Imprimeur de la nouuelle Academie. Vn autre dît que j'oublierois mon meſtier dans cét employ, que leur Academie eſtoit en couſtume, de ne mettre ſes Oeuures au jour, que comme on dit du Phœnix, aprés pluſieurs ſiecles; & ie penſe, continua-il, que c'eſt en veuë de cette couſtume, que nous auons conſulté durant long-temps, ſi nous prendrions ce bel Oyſeau pour le corps de noſtre deuiſe. Vous ne dites pas, reprend vn autre, que le Phœnix eſt le dernier effort de la Nature, & qu'elle ne compte pour rien ſon trauail de cinq ou ſix cens ans, pour mettre au iour vne auſſi rare production. Si la comparaiſon eſt iuſte, pourſuit vn autre, j'augure mal de noſtre Academie, il faudra qu'elle ſe conſomme pour faire quelque meruellle qui luy ressemble. Ha ! c'est trop, dit celuy qui n'auoit point encore parlé : Nous retrancherons, si vous m'en croyez, quelque chose de cette longueur de temps, & nous ne mettrons plus que dix ans à faire vn Liure, encore serons-nous plus sages que beaucoup d'autres : car aprés tout, coutinua-il, cela n'est pas fort honnorable, d'estre plus lents à produire que les Elephans.

Ces Messieurs s'entretindrent en suite, & du mesme stile, des Autheurs nouueaux, ils parlerent de la diuersité des Liures dont l'Impression nous occupe, ils en parlerent auec beaucoup d'esprit & de discernement, & ie remarquay dans tous leurs discours, outre cette raison vniuerselle qui fait les hommes, cette autre raison particuliere qui les differentie les vns des autres.

Cela vous surprendra, mon Lecteur ! si vous estes de la Cour, qu'à deux cens lieuës de cette orgueilleuse Ville, qui regarde toutes les autres comme des Barbares, à l'vn des bouts du Royaume, dans vne Ville éloignée de ce païs, qu'on appelle le grand Monde, on rencontre des gens qui parlent tout comme vous pourriez faire, qui jugent & raisonnent des Vers & de la Prose en gens du mestier. I'en fus surpris moy-mesme, ie vous l'aduouë, comme ie le pourrois estre de rencontrer des pierreries dans vn chemin public, mais ie ne m'oubliay point de mes aduantages pour toute cette surprise, comme vous allez voir.

Les six amis se rangerent à l'entour d'vne longue

gue table, & commencerent vne discussion agreable & iudicieuse, de quelques Sonnets, qui (selon moy) estoient admirables. Ils estoient de la maniere d'vn Iesuite, si ie ne me trompe, qui au passage du Roy auoit rauy & regalé la meilleure partie de la Cour, de sa Poësie. I'estois fort attentif à leur entretien, lors qu'vn de ces Messieurs me dît ainsi: Il faut bien que vous soyez des amis ; puisque nostre cher Secretaire ne vous a point fait vn secret de nos petits exercices. Pardon, Illustre Academie! se prit à dire mon hoste, d'vn ton de voix, & d'vn air enjoüé. Pardon de cette entreprise, i'ay crû que l'interpretation des Loix estoit vn priuilege de ma charge, & comme nostre premiere loy c'est de n'en auoir point, ie n'ay pas crû que ce secret que nous professons, deust estre inuiolable: Ie profitay de la belle humeur de mon hoste, & de la complaisance de cette petite Assemblée. I'appris, comme il en estoit le Secretaire durant cette semaine: mais que cette charge, non plus que celle du President, n'estoit point affectée à aucun d'eux en particulier, que le premier venu auoit la premiere place, qu'ils ne se rencontroient jamais guieres plus d'vne douzaine ensemble, qu'ils auoient pris vn nom de caprice en apparence ; mais en effet vn nom qui marquoit leur intention. Ils s'appelloient les ANONYMES, vn nom sans nom, qui dissimuloit plustost leur gloire, qu'il ne seruoit à la publier, sçachant bien que l'éclat qu'on fait de pareilles choses, les ruine

& les détruit, l'enuie les regarde auec ses yeux empoisonnez, elle les attaque par la médisance, qui luy sert de bouche, & d'armes à feu, au lieu que le secret & la solitude sont comme vn baûme pretieux & incorruptible, qui maintient & conserue les choses en leur entier, & leur communique vne espece d'immortalité.

I'appris qu'ils s'assembloiẽt chez le Secretaire, aux iours de dissertations. C'est ainsi qu'ils nommoient certains sujets Problématiques, qu'on agite par des raisonnemens opposez & contraires, dont il falloit que le Registre fust chargé, non point pour en achepter en suite l'opinion des hõmes, qu'ils n'ont iamais recherchée; mais afin que leur diuertissement durast plus d'vn iour, & qu'ils le pûssent reprendre en vn autre temps. Ie me seruy de l'offre obligeante qu'on m'auoit faite, & i'assistay durant mon sejour à toutes leurs Conferences. I'obseruay dans celle qu'ils nommoient (DE LA BELLE RAILLERIE) certaine façon de dire, & de penser les choses qui me charma, & dont peut-estre ie vous regaleray bien-tost, mon cher Lecteur! si l'on me tient parolle: LE POVR ET LE CONTRE DV MARIAGE, & l'autre: SI L'HOMME DE BIEN DOIT PRENDRE PARTY DANS LES TROVBLES DE LA REPVBLIQVE, passent la force ordinaire des Prouinciaux. I'admirois de certaines Traductions qui me sembloient dignes du suffrage de la grande Academie, & de l'honneur de son alliance, & ie me plaignois de la negligence de Messieurs les ANONYMES, qui n'auoient point brigué cét aduantage, à l'exemple de leurs voisins, dont l'émulation auoit esté si heureuse, leur maniere enfin de composer, de reciter leurs Vers, de raisonner sur ceux d'autruy, d'examiner les pieces sans chicane & sans flatterie, & tous les autres Ouurages de ces modernes Academiciens, me donnerent tant de plaisir, & tant d'estime pour eux, que ie ne sceus m'empécher de conuoiter ces tresors cachez. Ie fus tenté plus d'vne fois de violer les droits d'hospitalité, & d'enleuer à mon hoste vn tas d'écritures, qui sembloient mieux à mon vsage qu'au sien. Mais enfin conuaincu de sa generosité, & supposant que celuy qui me donnoit ses faueurs de si bonne grace, me laisseroit joüir de celles de ses amys, ie me donnay la liberté de les luy demander: Vous m'obligez, me dît-il (c'étoit vn autre iour que nous estions seuls dans ce mesme Cabinet) vous m'obligez asseurément, d'auoir assez bonne opinion de nos essays Academiques, pour m'en demander des copies, mais vous vous trompez, si vous me croyez assez vain pour vous les donner; & puis, continua-il en riant, ce que vous demandez, ne dépend pas de moy. Dés le moment qu'on nous reçoit dans l'Academie des ANONYMES, nous nous obligeons d'estre secrets & fidelles, nostre gloire va par le monde, *INCOGNITO*, comme les Princes en Italie. Nous faisons vœu de nous cacher aux yeux des hommes, pour ioüir plus doucement & plus agreablement du commerce des Muses. Aduoüez, me disoit-il, que cette Maxime est commode, personne ne prend garde à nous, & nous iugeons impunément de tout le monde. Il est vray que la Iustice est reuerée dans nos iugemens, la Vertu y est toûjours couronnée, toutes les Sciences, tous les Arts, la Guerre, la Cour & la Politique, sont de nostre Iurisdiction. Mais comme ce n'est, ny pour regler la conduite de l'Estat que nous trauaillons, ny pour acquerir du bien, ny pour la vanité de faire des Liures, que ce n'est que pour nous plaire à nous-mesme, & pour nous des-ennuyer; Nous ne nous obligeons point aux fonctions des Sçauans, & quelque veneration que nous ayons pour la science, nous trouuons qu'il y a moins de peine à nous divertir & à nous instruire, qu'à vouloir instruire les autres, & à soûtenir la reputation des veritables Sçauans.

Nous estimons infiniment la politesse du langage, & la perfection du stile; mais, ny pour écrire, ny pour parler, nous ne nous attachons à rien auec scrupule, quoy que nous iugions de tout sans flaterie & sans complaisance.

Nous professons vne grande liberté dans tous nos sentimens, sans que nostre liberté offense personne; Nous n'auons point fait des Loix parmy nous, parce que nous suiuons les Loix generales de la raison. Nous reconnoissons la *Grande*

& *l'Illustre Academie de Paris* pour nostre Souueraine, & nous répondons à ceux qui se flattent de l'honneur de son alliance, que

LES ROYS ONT DES SVBIETS; ILS N'ONT POINT DE PARENS:

& que si nous pouuons quelque iour meriter ses Suffrages, (à quoy nous trauaillerons) nous serons plus glorieux, sans doute, que ceux qui ont déja son adoption.

I'estois tout à fait arresté aux paroles de mon hoste, lors qu'il se prît à rire en me regardant: On diroit, me dit-il, à voir vostre serieux, & vôtre attention, que vous songez à faire vn Liure: Au moins, continua-il, Si vous imprimez l'Histoire de nostre Academie, n'oubliez pas sa Deuise, car c'est là l'essentiel d'vne Histoire Academique, comme on le void par l'inimitable Original qu'en a fait le Sieur PELLISSON. Il satisfit en suite ma curiosité, touchant cette Deuise, dont i'ay voulu satisfaire la vostre, mon cher Lecteur! par sa representation. C'est *la Lyre d'Orphée*, comme vous voyez, dont l'ame explique l'intention de ses Illustres inconnus.

Ie fis connoistre à mon hoste que i'auois penetré leur dessein, & pour l'obliger à me dire tout, Ie luy dis, que cette Deuise marquoit leur ambition, quelque soin qu'ils eussent de la cacher, qu'on diroit toûjours de leur Assemblée, qu'elle promettoit les mesmes prodiges que la Fable nous compte de la Lyre d'Orphée, que ce mot *Etiam flexura leones* les engageoit à faire comme ce Chantre diuin, à desarmer les lyons, à vaincre & adoucir les bestes feroces ? Qu'est-ce à dire vaincre, me répond-il auec precipitation? la Nature n'a-elle pas soûmis les Lyons aux hommes, ce seroit peu de chose que cette victoire, nous pretendons bien plus par cette Deuise, & pour vous monstrer que nous faisons au delà de nos promesses: Il faut, continua-il (en ouurant son Registre) il faut que vous voyez que nous n'auons pas seulement desbrutalizé nostre LYON, mais que nous en auons fait vn Orateur, vn Poëte, vn Courtisan, & vn Politique.

Il me mit vn petit cahier de papier doré dans les mains, en disant cela, adjoûtant, que pour ce Discours il pouuoit bien me le confier, sans violer le serment des Academiciens. Vous verrez icy, mon Lecteur ! comme raisonnent les bestes de ce païs-là

LE LYON DE LA VILLE D'ARLES AV ROY.

IRE,

Il faut auoüer que ie ne merite point d'eſtre le Roy de tous les animaux, à ſi juſte tiltre, que vous meritez de l'eſtre de tout le Monde : Ie ne dis point cela pour vous flatter, car les Lyons ne flattent perſonne : Ie ne le dis point parce que vous auez remporté tant de Victoires, conquis tant de Prouinces, & forcé tant de Villes: Ie ne le dis point parce que vous auez battu ſi ſouuent le plus redoutable de noſtre eſpece; Mais ie le dis, SIRE, parce que vous ſçauez regner. C'eſt ſçauoir regner que de donner la Paix à vos Peuples, & trauailler inceſſamment à leur faire gouſter le fruict de cette Paix; C'eſt ſçauoir regner que de reſtablir le commerce dans voſtre Royaume, deffendre vos Subjets de toute ſorte d'oppreſſion, & recompenſer vos Fidelles; c'eſt ſçauoir regner, en vn mot, que de faire regner la Iuſtice par tous vos Eſtats.

Pour moy, SIRE, ie ſuis puiſſant & courageux, au rapport des Naturaliſtes, & ie ſerois fort bon Roy s'il ne falloit que vaincre des hommes, & rauager des Prouinces: mais parce qu'il faut du diſcernement dans l'vſage de la force, & que ie n'en ay point, le Ciel qui fait bien tout ce qu'il fait, m'a deſtiné pour l'Empire des beſtes. Il eſt vray, SIRE, que de toutes les beſtes de Prouence qui parlent, je ſuis la moins beſte, s'il me ſemble, ie ne le ſuis point aſſez, pour méconnoiſtre l'aduantage que i'ay d'eſtre nay, le tres-humble Subiet de V. M. & que ce tiltre ſeul vaut mieux, que de commander à toute l'Affrique : Auſſi SIRE! ie l'eſtime ſi fort cét aduantage, que le deſir de vous le témoigner, rompt la loy du ſilence que la Nature m'auoit impoſée. C'eſt ce deſir qui me force à parler pour la gloire de V. M. autant que pour celebrer la memoire de mes heureux Anceſtres, qui me donnerent par conuention aux Roys vos Prédeceſſeurs. Ce ſont ces premiers Roys, SIRE! qui ont iuré à voſtre Ville d'Arles la continuation de ces Priuileges, leurs deſcendans les ont iurez encore, & conſeruez inuiolablement. LOVIS le Iuſte, Pere de V. M. les a mis ſous ſa Royalle protection : Mais vous, SIRE! qui ne prenez l'exemple d'aucun, vous qui eſtes l'exemple des bons Roys, & dont la belle vie ſera l'exemple de tous les Roys: Vous meſme, SIRE! vous auez confirmé cette Ville dans l'vſage de ſes Priuileges; Vous auez voulu que voſtre Iuſtice seruiſt à voſtre Bonté en cette occaſion, & qu'elle recompenſaſt la fidelité qui nous attache à noſtre deuoir.

Ie ne parleray donc point, SIRE! pour demander des graces à V. M. mais ſeulement pour luy rendre les tres-humbles graces que nous luy deuons. Ie ne parleray point pour deffendre mes Citoyens, de la menace qu'on leur fait de leur oſter leurs Priuileges: Aprés vn tel mal-heur, SIRE! Ie ne voudrois m'expliquer qu'auec mon ton de voix ordinaire; la voix humaine dont ie me ſers auiourd'huy me ſeroit à charge: elle exprimeroit mal ma douleur, ie ne ferois plus que des rugiſſemens pitoyables, pour faire comprendre à toute la terre qu'on ne doibt point nous rauir l'effet de vos graces; qu'on ne le peut, si l'on ne nous oste l'amour & le respect que nous auons pour vostre seruice, qu'on ne le peut sans vous oster vostre Iustice, & vostre Bonté. Et parce que toutes ces choses sont également impossibles, nous n'auons pas lieu de craindre, ny d'importuner V. M.

On nous accuse d'estre riches, & de ne contribuer rien aux necessitez de l'Estat. Pleust au Ciel, SIRE! que ce premier reproche fust veritable, nous prouuerions auec plus d'éclat & d'apparence la fausseté du second. La moitié du bien de vostre Ville d'Arles se consomme à la conseruation de l'autre moitié; nous auons vne Guerre intestine & particuliere auec les sauterelles, elles deuiennent nostre fleau plus souuent qu'elles n'ont esté celuy de l'Egypte, elles se moquent de ma Royauté, & desolent l'esperance de nos plus belles moissons : que si elles épargnent vne recolte, le Rhône par ces inondations acheue le dégast de nostre campagne, que ce maudit insecte auoit commencé. Voilà les Tailles que nous payons annuellement, SIRE ! Voilà deux Tirans cruels & impitoyables, qui foulent vos Fidelles d'Arles malgré vostre bonté paternelle, qui les voudroit soulager. Voilà des maux qui sont irremediables, & que la Paix de toute l'Europe, ny les fruicts de cette bienheureuse Paix (que vous commencez de faire goûter à vos Peuples) ne gueriront point. Auec cela, SIRE ! ma pauureté ne m'oste point le courage. Ie ne suis pas seulement genereux & fidelle comme les autres lyons, ie suis glorieux & magnifique. I'ose faire des offres & des presens à mon Roy, ie ne le dis, SIRE ! que pour faire souuenir V. M. de l'honneur qu'elle nous a fait plus d'vne fois, d'agréer nos petits efforts, de receuoir nos dons gratuits, nos emprunts, nôtre argent, les aduances, les estapes, les embarquemens, les fournitures d'hommes, de Vaisseaux, de poudres & de canon qu'il a falu faire. Outre cela, SIRE! mes Habitans ont esté dans le seruice, lors qu'ils l'ont pû faire. Ils ont seruy sous deux Lyons de la Maison de Lorraine, sous Monseigneur le Prince, sous tous vos Generaux; qui peuuent répondre de ce que ie dis à Vostre Majesté : Ils ont seruy aux Isles, en Italie, en Catalogne, & toûjours à leurs dépens, ils ont paru sous mes drapeaux auec vn secours considerable, deuãt Beaucaire, à Nismes, & à Montpellier. Le feu Roy d'heureuse memoire en a connu quelques-vns à la Rochelle, à Montauban, & dans les Guerres du bas

Languedóc. Que ſi l'on s'eſtonne comment vne Ville auſſi celebre, & auſſi peuplée de Braues, en a fait ſi peu pour la Cour: C'eſt, SIRE! que tout leur bien ne ſuffiroit pas à leur ambition, s'ils ne la retenoient dans les termes de la mediocrité. Ils employent leur petit reuenu pour la pluſpart à ſe meubler d'armes & de cheuaux pour l'occaſion, afin de faire voir qu'ils ne portent pas ſans merite la qualité de vrais Gentils-hommes.

En cét eſtat, SIRE! s'il faut accompagner par vos ordres, vn Gouuerneur, s'il faut forcer des Places, s'il faut rétablir vn Chef de Parlement, ils font voir par leur zele, & par leur diligence, que la valeur ſe peut paſſer d'vn grand équipage. Ils font ſans faſte & ſans defaut, tout ce que des gens de cœur peuuent faire.

Mais, SIRE, comme cette Ville eſt fort Noble, elle n'eſt pas riche,

Nous auons plusieurs Gentils-hommes, & nous n'auons, ny Marchand, ny faiseur d'affaires; Nous auons cent occasions de nous ruyner, & nous n'en auons pas vne de gagner du bien: Nous n'auons, ny negoce, ny Finance, ny Parlement, qui sont des canaux de l'abondance, pour ainsi dire, & les moyens les plus courts pour enrichir les Villes. Nous n'auons pour tout commerce que la traite libre de nos bleds, vn commerce innocent, qui sert à nostre subsistance, qui semble bien merité par nos seruices, qui est permis par tous les Roys, qui est absolument necessaire pour nous empescher d'estre miserables. Pour peu d'obstacle, SIRE, qu'on mît à la liberté de ce commerce, pour peu que V. M. retirast de nous, les influences de ses graces, nous tomberions dans la disete & dans l'indigence. C'est peu, SIRE! que cela, si nous ne tombions encore dans l'impuiſſance de ſeruir V. M. Ce qui ſeroit ſans doute le dernier de nos malheurs & de nos déplaiſirs : Oüy, SIRE! cette impuiſſance ſeroit quelque choſe de plus inſupportable pour nous, que de voir abbatre nos murailles, releguer nos compatriotes, ou tracer le plan d'vne Citadelle, ſur les fondemens de nos Amphitheatres.

Les Braues de l'ancienne Rome, n'auoient point d'ambition que pour la gloire de leur Patrie. Nous, SIRE! nous n'auons point d'autre Patrie que le ſeruice de V. M. nous n'auons point d'autre Rome, nous n'auons point d'autre ambition.

Ce n'eſt donc, SIRE! que pour voſtre gloire que ie parle, ce n'eſt que pour voſtre ſeruice que ie demande les moyens de vous ſeruir : ce n'eſt que pour faire éclater ma reconnoiſſance que ie veux l'vſage de

mes

Priuileges. Mais SIRE, V. M. s'en souuient-elle encore de ces Priuileges? ie dis de nostre fidelité, SIRE? qui les comprend tous, qui est le premier & le plus grand de nos Priuileges. Se souuient-elle de l'auoir connuë cette fidelité? d'en auoir fait l'Eloge aux yeux de toute nostre Prouince, de l'auoir honnorée de ses graces & de son estime?

Vous en estiez bien persuadé, SIRE; de cette fidelité, lors qu'il vous plût commettre la garde de vôtre Sacrée Personne à mes Habitans. Lors que vous nous auez trouuez dignes de cette confiance Royalle, vous auez témoigné que nous estions vos Fidelles, par vostre équitable Bonté; & par ces Patentes enfin, où V. M. m'accorde par gratification, & par recompense ce que i'ay possedé depuis tant de siecles, comme en tiltre, & comme en heritage.

Permettez, SIRE; que ie vous propose à vous-mesme, comme le plus grand & le plus digne exemple que vous puissiez vous proposer, soyez toûjours l'amour & les delices de vos Peuples, comme vous estes l'effroy & la terreur de leurs Ennemis:

Petit Dieu de la Paix, grand foudre de la guerre!
Que tous les Dieux du Ciel, & les Dieux de la terre
Ont regardé d'vn œil amoureux & jalous
Pour payer dignement les graces que vous faites,
Ie veux faire vn souhait qui soit digne de vous.
Soyez nous à iamais le mesme que vous estes.

Toûjours Bon, Grand Bien-faisant, & adoré de vos Fidelles Subjets. Vous vous regarderez doncques, SIRE; vous vous imiterez, vous serez toûjours le mesme, vous estes incapable d'erreur & de changement, comme nous le sommes de murmure & de peu de respect.

Vous ne nous serez pas moins fauorable auiourd'huy, aprés l'heureux accomplissement de nos Vœux, & de vostre Mariage, que vous le fustes l'année derniere, lors que vous estiez moins riche d'vne MOITIE' que vous n'estes, lors que vous ne comptiez point encore nostre incomparable Reine au nombre de vos biens.

Maintenant, SIRE; que vous estes le plus riche Roy de toute l'Europe, que vous auez adjoûté au plus beau Royaume du monde, le plus pretieux tresor de l'Espagne: Qu'enfin le Ciel vous a rendu Iustice, & que vous estes heureux; pourrions-nous estre miserables? pourrions-nous (sans vous offenser) craindre le traittement des Rebelles, & la perte de nos Priuileges?

Ie ſçay bien, SIRE; que les Roys de ma façon ne ſont pas à l'abry de l'enuie, qu'elle me reprochera peut-eſtre d'auoir imité ces vieux Officiers, que leur long âge rend inutiles, & qui n'alleguent leurs exploits du temps paſſé, que comme le pretexte de leur oyſiueté preſente; mais ie me moqueray bien de l'enuie lors qu'il plaira à V. M. d'employer mon zele, lors que pour voſtre gloire, & pour la mienne, le Ciel accomplira voſtre horoſcope, & qu'on vous verra marcher à pas de Mars, à la conqueſte de l'orgueilleuſe Byſance.

Ha! SIRE: Si vous permettez qu'on m'attelle au char de voſtre fortune, en ce iour de Triomphe & de merueilles, que ie ſeconderay bien le deſſein de V. M. Ie la porteray ſi bien, ſi loing, & ſi viſte, que l'Aigle de Iupiter, & les cheuaux de Neptune, en creueront de honte & de jalousie ; vostre Grand Cœur sera satisfait de mes grands efforts : Ie trouueray quelque petit coin dans vostre Histoire, & la iuste posterité marquera cette glorieuse iournée par ces mots :

Tout ce qu'a dit la Fable à l'honneur d'Ilion
De sa force, & de sa constance,
Ne sçauroit s'égaler au siege de Bisance,
Où nostre Roy défit des Turcs vn million
Ce fut en ce beau iour que ce Mars de la France
Parut au signe du Lyon.

Voilà, mon cher Lecteur ! l'vn de ces essays Academiques dont mon hoste me regala : ie laisse à vous dire de quelle façon il se deffendoit sur les loüanges que ie fus obligé de donner à cette Harangue, & au fidele animal qui en estoit l'Autheur. Que vous estes bon ! me disoit-il, d'estimer ainsi les efforts de nostre Lyon ; mais pour vous tirer de l'erreur obligeante où vous estes, & pour vous faire voir que le plus habile de cette espece n'est aprés tout qu'vne beste ; ie n'ay qu'à vous dire deux mots : Ce peu de Vers que vous loüez si fort, & qui seroient appellez heroïques, si quelque Illustre Academicien les auoit faits, ne passeront au plus que pour des vers Leonins, c'est à dire, pour vn jeu de rithme, & de hazard. Cette Harangue que vous admirez, sera toûjours méprisée, si l'on considere qu'en France la mode donne le prix aux choses, & que nostre Inuincible Monarque s'estant declaré en faueur du Placet, il a mis la pauure Harangue dans vn estrange décry.

Quoy qu'il en soit, continua-il, puisque vous estes en doute de ces Vers, ou de cette Prose qui l'emportera dans vostre esprit; Ie vous assigne à demain, où ie dois faire lecture du dernier de nos Ouurages. Vous oyrez les sentimens de Monsieur de Voyture (qui n'est pas encore mort dans le Parnasse) & ceux de Monsieur de Vaugelas, touchant l'vne & l'autre de ces facultez: vous assisterez au Conseil des Muses & d'Apollon, & à la décision de cette fameuse affaire. C'est vne façon de traitter la chose, qui ne vous déplaira pas à mon aduis, l'inuention en est diuertissante, & les matieres assez bien placées, si ie ne me flatte.

Ie n'eus garde de manquer au Rendez-vous, & voicy, mon cher Lecteur! la derniere Conference des ANONYMES, où i'eus l'honneur d'assister auec grand plaisir: La voicy reduite en Liure. Ne vous tourmentez pas pour deuiner comment, & par quelle aduanture cette Piece m'est tombée entre les mains: Ne m'allez pas chicaner, ie vous prie, sur les moyens dont ie me suis seruy pour la rendre mienne. Ne vous embarrassez pas si mon

Autheur a pû, sans estre pariure, reueler le secret de l'Academie, ou si ie l'ay dérobé. Croyez-en ce qu'il vous plaira, pour vous satisfaire, & fauorisez cependant, par vostre complaisance, le dessein que i'ay de vous diuertir, dans peu de temps, de quelque chose de meilleur.

LE MONT-PARNASSE; OU DE LA PREFERENCE ENTRE LA PROSE, ET LA POËSIE.

PREMIERE PARTIE.

IL n'est pas de mesme, MESSIEURS! de cette question, que de celle des Partis ou de la Raillerie : En la premiere il estoit permis de se partialiser, & en l'autre de se diuertir ; il s'agit auiourd'huy de rendre vn Iugement juridique, il s'agit d'absoudre ou de condamner, il s'agit enfin, de prononcer sur la *Preference entre la Prose & la Poësie.* L'eussiez vous iamais crû, MESSIEURS? que l'Eloquence s'étendît si loing, qu'elle entreprist sur les Loix, & que celle qui n'a pretendu iusques icy, qu'à vous representer agreablement les choses, ou tout au plus à vous les persuader, osast faire des jugements & des Decisions? Mais le pourriez-vous attendre de moy, MESSIEVRS? sans faire tort à ma Modestie, que ie me creusse capable d'estre l'organe de cette Eloquence; & le grand Arbitre du plus celebre different qui puisse occuper vostre illustre Assemblée? Non, non, MESSIEVRS! ie connois trop bien vostre equité, & vous connoissez mes foiblesses. Ie n'apprehende pas que vous demandiez de ma pauureté, ce que vous n'exigez pas de vostre abondance; & s'il est vray qu'il n'est point de Sage, à qui sa propre sagesse ne soit suspecte, n'est-il pas probable que vous épargnerez vos richesses en cette occasion (quoy que vous puissiez en estre prodigues, sans vous appauurir?) Il est sans doute, que vous aurez recours aux Oracles, estans des Oracles vous-mesmes: Et ie suiuray d'autant plus agreablement, ce bel Exemple, qu'outre l'honneur qu'il y a de vous imiter; ie le puis non seulement sans peril, mais encore auec aduantage.

Cependant, MESSIEVRS! demeurons d'accord que la Conference est le Theatre & le miroir de la verité: c'est-là qu'elle se regarde, c'est-là que la raison se represente telle qu'elle est, qu'elle se laisse voir sans tache & sans ombrage. Vous ne demandez pas quel est le sentiment des Orateurs touchant leur Art, quel est celuy des Poëtes touchant le leur; mais vous desirez, sçauoir quel il doit estre, ce que la verité & la souueraine raison ordonnent de l'vn & de l'autre.

Il y a long-temps, MESSIEVRS! que pour répon-

A

dre à voſtre intention, ie cherche cette verité deſintereſſée, ſans la rencontrer : mes recherches ont eſté vaines iuſques auiourdhuy, & mes ſoings inutiles. Ie n'ay treuué que de faux Oracles parmy les hommes ; ils ſont tous des trompeurs ou des paſſionnez ; il m'a fallu treuuer d'autres hommes & vn autre monde ; des hommes qui ne meurent plus, vn monde purifié qui ne fuſt point ſubiet aux erreurs ny aux changemens de la nature, vn climat heureux où l'influence du Ciel fuſt touſiours fauorable, où les eſprits fuſſent eſclairez, où la raiſon fuſt diuiniſée.

Ie ne m'arreſteray point, MESSIEVRS! à vous faire la deſcription Topographique de cet heureux Climat, il vous ſuffira d'apprendre que c'eſt le ſeiour des Muſes, & d'Apollon. On y va par diuerſes routes, les vnes ſont longues, & difficilles, les autres incertaines & dangereuſes. La Meditation eſt le grand chemin, le chemin royal & infaillible pour y arriuer ; c'eſt par là que mon bon genie m'a conduit, & c'eſt d'où i'ay beaucoup de choſes à vous dire, MESSIEVRS! ſi vous m'honnorez de voſtre attention.

Ie m'eſtois formé vne ſi belle idée, vne idée ſi haute & ſi magnifique du Parnaſſe, de ſes habitans, & de leurs occupations, que tout ce que nous y rencontrons en y arriuant, me paroiſt infiniment au deſſous de mon idée. Nous nous laſſons beaucoup en montant & tournoyant la fameuſe montagne, ſans trouuer perſonne à qui parler : Nous auions trauerſé vne foreſt de Lauriers ; qui eſt remarquable à la verité ; & par la hauteur extraordinaire de ses Arbres, & par leur antiquité venerable ; mais qui n'estoit peuplée que d'Oysons & de Perroquets. Nous auions passé le sacré Vallon, dont vous auez si souuent ouy parler, qui ne nous paroist plus qu'vne Solitude effroyable. Nous estions desia arriuez à la Fontaine des Muses, qui estoit presque tarie, & ne couloit plus qu'vn filet d'eau, dont à peine pûmes-nous satis-faire nostre soif, lors qu'enfin nous nous apperceusmes d'vn homme, ou demy-Dieu, qui estoit niché au pié d'vn Costeau, d'où il iettoit sa veuë bien loing, & rioit en regardant quelques Singes qui se ioüoient à l'entour de la Fontaine. Si tost qu'il eût pris garde à nous, il nous fit signe d'approcher, & nous receut tres-agreablement. Il auoit la teste ceinte d'vne seruiette qui luy serroit les temples en forme de Turban, & sur le tout il portoit vne Couronne de Laurier extremement pleine & fournie. Il auoit vne longue veste de Damas verd, & le reste de ses ornemens à la façon des anciens Prophetes ; mais ce qui nous persuada qu'il estoit Prophete luy mesme, ce fut qu'il nous dît des choses tout à fait merueilleuses : Il comprit le dessein de nostre voyage, sans nous donner presque la peine d'en parler, il nous prit par la main & nous mena dans l'allée des songes. C'est vne grande allée couuerte de certains Pauots odoriferans, elle est longue à perte de veuë, toute parfumée & tapissée de mousse verte en toute saison, où l'on se promene sans s'agiter, où l'on

fait les affaires en dormant; où l'on cause; où l'on plaide, où l'on se diuertit sans danger, sans dépense, & sans contestations.

Ie ne m'estonne pas (nous dist ce grand-homme ou ce demy-Dieu) si vous estes contraints de venir chercher des Oracles en ce pays, l'Apollon du vostre est mort auec moy. *Ie suis cet illustre* BALZAC *qui auois estendu les bornes de l'Eloquence Françoise au delà des bornes de l'Empire, & de qui la mort a failly de remettre les choses dans ce premier cahos de la Barbarie dont vous sçauez que ie les auois tirées: Vne Reyne du North, deux grands Cardinaux, les Roys & leurs Fauoris, les Princes & les Dieux de la Terre, ont disputé durant cinquante ans de* BALZAC, *auec le Dieu du Parnasse; mais enfin toute leur faueur & toute leur puissance ne valoit pas la gloire que ie leur donnois, & dont i'estois le dispensateur legitime. Leur faueur & leur estime estoient vne espece de Tyrannie dont ie me suis deliuré par la mort, auecque plaisir: ie me treuue encore quitte de la honteuse necessité où i'estois, de mesurer ma plume auec celle de tant d'amis curieux & impertinens, & de tant d'ennemis temeraires, que i'ay fait connoistre par mes Victoires. Ie ne dois rien à personne, Appollon luy mesme qui m'a procuré l'immortalité, & qui m'a donné sa Lieutenance generalle en ce Royaume, n'a fait que payer ses debtes par cette grace inouye. Nous sommes icy tranquilles & bien-heureux dans le commerce libre auec tous les grands Genies de l'antiquité, en comparaison desquels vostre monde ne porte plus que des pigmées & des auortons.*

Nous conneuſmes bien à cette façon de parler, que ce Heros ne nous trompoit pas, que c'eſtoit-là le veritable BALZAC, l'Autheur de ces premieres Lettres qui ont fait tant de bruit, des Oeuures diuerſes du Barbon, du Prince, des Diſſertations, & du diuin Ariſtipe.

Il nous dît encore beaucoup de choſes du meſme ſtyle, durant deux ou trois iours que nous euſmes l'honneur de l'ouyr, ſans nous ennuyer, & ſans penſer aux neceſſitez de la vie: tant il eſt vray qu'vne Ame nourrie & ſouſtenuë de l'aliment diuin d'vne éloquence ſublime, eſt raſſaſiée & plainement ſatisfaite; mais ie ne pouuois comprendre pourquoy ie ne voyois qu'vne vaſte Solitude en vn lieu ſi peuplé, comme il diſoit luy meſme, lors que preuenant ma penſée. Vous n'auez pas ſuiet de vous eſtonner, nous dit-il, ſi vous ne trouuez point icy les Muſes ny leur Apollon; la Cour de France a deſerté la noſtre, il y a plus d'vn an que tout le Parnaſſe eſt de la ſuitte de voſtre Prince, les grandeurs & les merueilles de ſon Regne & de ſon Hymenée, les jeux & les inuentions de ſa celebre entrée, les diuertiſſemens qu'on prepare à voſtre nouuelle Reyne; toutes ces choſes arreſtent nos Diuinitez dans Paris: Et ie ne ſçay point, continua-il (moy qui n'ignore rien de tout ce qu'on peut ſçauoir ſans reuelation) ie ne ſçay point, dis-je, pourquoy vous venez chercher en ce Pays, ce que vous auez au voſtre ſi commodément.

Il faut l'aduoüer, MESSIEVRS, mon incurioſité est estrange, & ie rougis encore de moy-mesme, d'auoir donné lieu à vn semblable reproche; ie tiens bonne mine pourtant, & ie responds ainsi au Lieutenant general d'Apollon: Nous n'auons rien perdu puisque nous auons le bon-heur de vous rencontrer; nous sçauons que vous estes vne Bibliotheque viuante, & que les Muses n'ont rien d'excellent & de mysterieux dont vous n'ayez l'extraict & la quint-essence dans la teste; vous deciderez la question pour laquelle nous auons entrepris ce voyage, si vous le voulez, & vous serez nostre grand Apollon, aussi bien que celuy dont vous exercez la Charge & le Ministere.

Ie luy decouuris en suitte nos occupations Academiques, & j'eus l'aduantage de luy faire dire les plus belles, & les plus eloquentes choses que vous vous puissiez imaginer.

Mais quand se vint au suiet de la preference entre la Prose & la Poësie, il se prit à soûrire de bonne grace; ce n'est pas icy le differend des *Iobelins & des Vranins*, me dit-il, dont ces bonnes gens me firent autrefois le Plenipotentiaire. Ce n'est pas me faire juge *entre la Chabotte & la Maulceurrier*, cette affaire est de la derniere importance, & ie ne pense pas qu'Apollon luy mesme la puisse resoudre, sans desobliger quelqu'vne de ses creatures. Ie la treuue digne de son Tribunal, & si vous vous donnez la patience d'attendre son retour, qui sera dans fort peu de temps, vous puiserez dans ce fonds inépuisable de lumiere, l'éclaircissement & l'infaillibilité que vous cherchez. Que si mon sentiment, continua-il, contribuë quelque chose à vostre satisfaction, ie ne feindray pas de vous dire que ie suis de l'aduis de tous les honnestes gens de l'Europe. *Il n'en est point de ceux qui sçauent parler, qui ne se picque de parler* BALZAC. *Ma Prose a eu cet aduantage qu'elle a fait du bien à tout le monde, elle en a fait à mes propres ennemis, elle leur a donné des armes pour m'attaquer, elle a poly leur langage, & les a instruits insensiblement en l'art de dire les iniures de bonne-grace. C'est ce qui m'a fait rire plus d'vne fois de tant de Liures qui ont couru contre moy: ie les ay leus auec plaisir, i'ay loüé leur dessein & l'effort de certains petits Autheurs, comme vn Maistre-d'Escole feroit les Compositions de ses Escoliers: Que si ie me suis emporté contre eux, ç'a bien moins esté contre leur ingratitude que contre leur ignorance. Ie n'ay peu souffrir qu'ils profitassent si mal de mes veilles, qu'ils employassent si mal à propos mon or, & ma broderie, qu'ils l'appliquassent sur leur Bure & sur leur Droguet.*

Pour ceux qui se sont seruis de BALZAC *contre* BALZAC, *qui ont emprunté mes Pensées, & mes Figures pour desfigurer mes Ouurages, ie leur ay pardonné pour vne si heureuse inuention. Ils m'ont pleu par ce glorieux attentat, & i'ay receu leurs coups auec autant de complaisance, que si vne Maistresse m'eust ietté des Roses à la teste, ou m'eust donné vn soufflet auec ses Gants.*

Ie vous aduoüe, MESSIEVRS, que l'Eloquence a de puissans charmes; i'estois rauy d'entendre cet vnique Eloquent, lors que l'obligation

&

& le desir de vous satisfaire, qui fait ma passion dominante, me fit faire vne petite inciuilité : ie l'interromps auec precipitation, par ces paroles; Mais enfin, qu'en deuons-nous croire, qui l'emportera, de la Prose, ou de la Poësie? Ce n'est pas pas sans raison, respond Monsieur de BALZAC, qu'on dit ordinairement, DIEV VOVS GARD DES GENS QVI N'ONT QV'VNE AFFAIRE. *Ie vous ay desia dit, continua-il, que tous les Doctes & les Polis honnestes-gens, s'estudioient à parler* BALZAC; *ie ne vois pas qu'il vous puisse rester aucune doute sur cette matiere, & que vous ne deuiez donner la preference à la Prose sur les plus beaux Vers, sans ceremonie: tout ce que vous deuez obseruer en cette rencontre, c'est la difference des styles: car il est sans doute que la meilleure Prose qui n'aura pas le charactere de la mienne, passera pour vne piece fausse, ou de bas-aloy; elle n'aura pas cours dans le commerce du beau-monde, & ne pourra qu'à peine estre comparée aux moindres Vers, fussent-ils de la maniere d'Ennius, ou de Nœufgermain.* Ie mourois d'enuie de repartir & d'aduiser ce grand-homme que sa Prose estoit differente d'elle-mesme, que tous ses Ouurages n'estoient pas également bons, que son Aristipe n'auoit pas eu tant de peine à s'introduire dans le monde, & à s'établir, que son Prince, ou son Barbon, que ses premieres Lettres dattées de Rome à sa Clorinde, & aux Grands de la Cour, ne furent iamais du pris de celles qu'on appelle familieres, à Conrad & à Chapellain, & de la derniere impression; mais il me parloit auec tant de force, d'vn ton si Magistral, & si Dogmatique; que ie n'eus iamais la hardiesse de m'en expliquer.

Nous laissons-là ce Dieu de l'éloquence, apres auoir appris de sa bouche quelques particularitez touchant les vs & coustumes du Parnasse, & nous estre instruits suffisamment du plus court chemin pour aller au Palais des Muses. Nous addressons nos pas de ce costé, & rencontrons sur nostre route vn nombre infiny de beaux edifices, de grands Palais bastis de verre malleable, & couuerts de Cedre, dont l'Architecture & l'artifice n'est pas moins admirable, que la matiere est precieuse. Ce sont les logemens des Orateurs celebres, de tous les Illustres Sçauans, qui ont bien merité de leur Nation, & du Parnasse: Enfin nous arriuons à la grande place, qui est au plus haut de la Montagne, au milieu de laquelle on peut voir vn grand rond-d'eau, qui se forme de cette onde fameuse d'Hypocrene, dont l'heureuse contrée est arrousée. C'estoit au poinct-du iour, au moment qu'Apollon reuenoit de solemniser la Paix & l'Alliance des deux Couronnes; nous fûmes introduits dans le Palais par la courtoisie d'vn petit homme bienfait, que ie m'imaginay d'auoir veu quelque part; mais que ie ne pouuois reconnoistre à cause de l'éblouïssement que nous souffrions pour nous trouuer ainsi mellez, auec des corps de lumiere, au milieu de cette Cour brillante & lumineuse. Le petit homme s'approche de nous, auec vn visage riant, nous embrasse,

& nous tire de cette foulle de demy-Dieux, où nous estions engagez. Il nous offre son logement, qui est vn appartement dans le grand Palais au dessous de celuy de la Princesse Pasithée ; c'est vne Parente d'Apollon qui a beaucoup d'estime pour nostre Introducteur ; ce galand-homme nous fit comprendre par son accueil obligeant, & par cent témoignages d'amitié, que nous ne serions pas long-temps Estrangers en vn Pays où il n'estoit pas sans credit. Nous luy contasmes le dessein de nostre voyage, le temps que nous auions passé dans le Parnasse depuis nostre arriuée, & celuy que nous auions donné à l'entretien de Monsieur de BALZAC. Mais qu'est-ce que vous en croyez, nous dit-il, de cette Prose BALSACIENNE, en suitte de la peinture que l'Autheur luy-mesme vous en a faite. Vous deuiez luy répondre, adiousta-il, ce que ie luy disois autrefois dans vne Lettre. *Il me déplaist, Monsieur! que tant d'éloquence ne me puisse déguiser la verité, & qu'en cela ie ressemble à vos Bergeres, qui sont trop grossieres pour estre trompées par vn habile-homme. C'est assez pour vous faire connoistre que n'ayant iamais pris trop de plaisir à passer pour sot, ny à le paroistre, ie ne pretends pas auiourd'huy qu'on en puisse imposer à mes Amis : i'ay trop d'interest à vous faire connoistre la verité pour me taire en cette rencontre ; ce n'est pas que ie presume assez de moy-mesme pour vous donner la Decision que vous demandez : ie sçay que pour cela, il faut estre bel esprit, & ie n'ay pas l'honneur de l'estre ; ie pretends seulement que le correct*

Mr de Vaugelas, & Monsieur de Malherbe, nos bons voisins, qui n'ont pas mal parlé nostre langue, vous donneront contentement. Il nous prit par la main en disant ces mots, & tout chemin faisant, il nous dît les plus jolies choses du monde, sur la Prose de Monsieur de BALZAC. Ie le vy de si bonne humeur, si plein de franchise, & de courtoisie pour nous, que ie ne pûs m'empescher de satisfaire ma curiosité. Ie le priay de nous dire comment il estoit resuscité : car luy disois-je, nous auons veu vostre Pompe funebre & les ceremonies mortuaires de tout le Parnasse à vostre mort: Ie vous diray la verité, nous répondit-il, quelque peine que i'aye à dire du bien de moy-mesme. Les Graces auec lesquelles i'auois eu quelque commerce en l'autre monde, pleurerent sur mon cercueil, ces genereuses filles touchées de tendresse, & de ressentiment pour mon Trespas, firent vn vœu qui effraya le Genie de la France: Elles iurerent de n'estre plus Françoises, si les destinées ne me rendoient la vie. Cela me fut accordé, & en mesme tant la charge d'Introducteur qui estoit vaquante, & comme i'estois nay-ce semble, pour cet employ que i'auois honnorablement exercé chez Monsieur le Duc d'Orleans, ie suis resuscité pour la mesme chose dans cette Cour.

Monsieur de BALZAC qui de son viuant auoit esté Fauory de l'Eloquence, eut apres sa mort cette Reyne des cœurs pour solliciteuse; elle pût tout sur l'esprit d'Apollon, & ne manqua pas en le faisant reuiure, de le faire nommer en mesme temps pour Coadjuteur à l'Empire. Il est vray que pour faire cesser les oppositions qui s'éleuerent là-dessus contre luy, on dit que ce ne seroit que *(ad honores.)* Et il fut ordonné qu'il ne pourroit ioüir de sa nouuelle vie, & de sa nouuelle charge, que *(ad tempus)* c'est à dire, *durant les vingt années* seulement, que doit durer le priuilege de son dernier Liure. Messieurs de Malherbe, & de Vaugelas sont resuscitez pour les necessitez du Parnasse: Le premier, est le grand Censeur des *Poëtes* & des autres Autheurs, & l'autre est le digne obseruateur de la Langue Françoise. Que *cette sorte de miracle* ne vous surprenne point, continua-il, Apollon est facile & condescendant, il ne s'oppose gueres au dessein de ceux qui ont enuie de viure apres leur mort, pourueu qu'ils luy ayent sacrifié durant leur vie: il assigne le rang à chacun dans le Parnasse, selon sa condition & son merite: il donne mesme Pension à quelques-vns, il donne des Charges aux autres; mais il ne donne l'immortalité qu'à peu de personnes. Il laisse agir les causes secondes; il s'accommode à l'humeur & à l'inconstance des Peuples; & comme il reçoit vn Bastelleur, vn méchant *Poëte*, vn Nouuelliste sur la foy de son Imprimeur, il abandonne vn Ronsard, vn BALZAC, & vn important, aussi-tost que l'heureuse influence de leurs Liures a passé. Et les méchans Faiseurs de Romans, luy dis-je, les Harangueurs en *Prose*, n'ont-ils point de rang dans vostre *Parnasse*: car vous n'en auez point fait de mention, ce me semble? Ils ont vn mesme rang auec les Oyseux. Et les méchans Poëtes, me repart-il? mais nous n'auons point de commerce auecque cette sorte de gens: ils ont vne partie de la Montagne que nous appellons le Parnasse Inferieur qu'ils habitent, ils ont vne Forest de Lauriers, & vne Fontaine qui n'est qu'vn écoulement & vn égoust à proprement parler de la nostre. C'est dans cette Forest qu'ils se cachent sous le plumage des Perroquets; c'est au tour de cette Fontaine qu'ils sautent, & qu'ils se ioüent, déguisez & metamorphosez en Singes, & en Oysons: Et c'est-là que le charitable Monsieur de BALZAC s'amuse à leur apprendre l'Art sublime, & singulier d'articuler BALZATIQVEMENT, de choisir les mots, & de conter les syllabes.

I'auois crû que nous trouuerions Monsieur de Malherbe alitté, apres le grand voyage qu'il venoit de faire à la suitte d'Apollon; mais il faut croire, MESSIEVRS! que cet air du Parnasse qui resuscite les Autheurs, les reuigore, en mesme temps, & leur rend la force & la ieunesse: ce bon homme se délassoit à faire l'examen des pieces, que Monsieur de Vaugelas auoit ramassées, sur les Pompes & Magnificences du Mariage Royal. Il nous feit assez bon accueil, autant que son naturel seuere le pût permettre; & ne s'empescha pas pour nous, d'acheuer la Censure commancée: Ie vous en feray part, MESSIEVRS! dans vn petit Traitté que ie vous dedie, où sans doute vous trouuerez vne tres-agreable & tres-vtile erudition. Voyons maintenant ses sentimens sur la question que luy proposa Monsieur de Voiture de nostre part.

La premiere chose que ie remarquay (car tout est remarquable en vn grand Personnage) c'est la force de l'inclination qui domine les plus grandes Ames; la sienne s'emporta contre Monsieur de BALZAC, apprenant qu'il auoit opiné sur la proposition de la Prose. *Qu'il s'amuse*, dit-il, *à faire parler ses Perroquets, ou à faire danser ses Singes, au lieu d'entreprendre sur nostre Charge:* Mon pere! dit alors Monsieur de Vaugelas, il me semble qu'en l'absence d'Apollon, & de Malherbe, Monsieur de BALZAC ne vous fait pas tort, & si vous n'estes d'aussi mauuaise humeur que le Sieur HEINSIVS qui l'a querellé, pour auoir parlé assez modestement, *De son Herodes infanticida*, vous ne sçauriez luy deffendre l'vsage des raisonnemens. En effet, adiousta le Sieur de Voiture, & que deuiendroit cet excez de raison dont le Ciel l'a fauorisé? *Cette raison surabondante & extraordinaire*, s'il n'en laisse coûler quelque goutte sur les esprits d'vn plus bas ordre? Ie sçay bien iusques où s'étend son pouuoir, reprit *l'illustre Censeur, & il le doit sçauoir luy-mesme; qu'il se souuienne que la Charge qu'il possede de Lieutenant general d'Apollon, est vn effet des Brigues & des importunitez de ses Amis: Que cette Charge est nulle où nous sommes, & qu'auant qu'il soit dix ans d'auiourd'huy, parler BALZAC, & parler Neruese, sera vne mesme chose. Nous n'auons point encore veu vn seul de ses Oysons ou de ses Perroquets, changez en Aigles, ou en Cignes: Et*

HEINSIVS Vicque, contre Monsieur de BALZAC, luy répond auec aigreur & mépris.

lors qu'il ose dire que toute l'Europe est BALZATIENNE; *il estend plus loing ses Conquestes, que la raison & la verité ne le publient*: s'il en eust parlé d'autre maniere, répart Monsieur de Voiture, il eust suiuy le sentiment de la meilleure, & de la plus saine partie de la France: *Mais c'est en ce poinct qu'il est veritablement le createur de ses pensées: Car de dire que sa Prose l'emporte sur les plus beaux Vers, & qu'elle est la regle du beau langage, cette pensée est toute sienne, & iamais personne de bon sens ne la euë hors de luy.*

Monsieur de Voicture auoit pitié de nos impatiences, & prioit Monsieur de Malherbe de nous vouloir dépescher: *Cette affaire n'est pas absolument de nostre ressort, dît ce grand-homme, la Prose & les Vers sont en competance depuis long-temps; tous les siecles & toutes les Nations solicitent à l'enuy pour ces deux Riuales, elles sont les Reynes des belles Lettres, les Roys & les Princes s'interessent en cette cause, elles font mesme deux Partis dans le parnasse, & quelque droict que i'aye de connoistre de pareils differents, ie dois laisser par respect à nostre Apollon la decision de celuy-cy. Il est Souuerain sur l'vne & sur l'autre de ces facultez; il voit tout, & n'est pas moins juste qu'il est clair-voyant: Ce n'est pas que nous ne puissions agiter la chose parmy nous, aux conditions d'en attendre le jugement deffinitif de la bouche infaillible de nostre Oracle. Vous pourriez bien continua-il, en s'addressant à ses illustres Collegues, vous pourriez bien si vous le vouliez nous donner de grandes lumieres en cette affaire.*

S'il

S'il falloit en estre au jugement des hommes, répart Monsieur de Vaugelas, il me semble que nous serions bien embarrassez : Qui doute que Demosthene ne soit du party de la Prose contre la Poësie, & que le diuin Homere ne soustienne que la Poësie est diuine ? Ciceron & Virgile sont Commis ou Paralelles. ALEXANDRE destina le Coffret de Darius pour conseruer l'Illiade, Auguste consacra l'Eneide, & l'on a veu quelque temps apres vn Empereur qui les vouloit abolir toutes deux.

Si i'en estois crû, repart Monsieur de Voiture, le nom de cet Empereur seroit aboly : Cette lâche ambition qui le rend indigne de l'Empire, ne luy fait pas meriter vostre citation : Mais ce n'est pas à mon sens vne petite preuue du prix & du merite de la Poësie d'auoir esté l'objet de la hayne de ce Monstre. N'interpretez pas cecy en faueur de la Poësie, dit alors Monsieur de Malherbe : Ce Cruel n'en demeura pas là, il declara la guerre aux Oeuures de Seneque, & de Tite-Liue, & ne poursuiuit pas les Ennemis du peuple Romain auec tant d'ardeur que les Liures de ces Autheurs incomparables. Il est vray qu'il ne faut s'estonner de rien, l'esprit des Roys & des Empereurs est suiet aux erreurs & aux illusions, comme l'esprit des autres hommes. I'en connois vn, entre les Anciens, qui s'est picqué d'estre amateur de la Philosophie, lequel remercioit les Dieux chaque iour, de ne luy auoir point donné l'inclination à la Poësie ; il y en a qui l'ont decriée, qui

Marc Aurele Antonin.

ont violé, prophané & renuersé le nom des Muſes, pour faire comprendre que leur Art diuin, n'eſtoit qu'vn vain amuſement. Ces ſortes de blaſphemes nous doiuent faire mal au cœur, & ie ſerois inconſolable ſi l'on pouuoit reprocher à ma Patrie & à nos Princes, vn pareil renuerſement de raiſon; mais graces au Ciel (ie le puis dire à l'honneur de la France) ce grand Henry dont i'ay eſté l'organe ſi long-temps, auoit tant d'amour & de reuerence pour nos Diuinitez, que par reconnoiſſance elles s'obligerent de ſolemniſer ſes Amours, & d'en faire des Diuinitez. Monſieur de Voiture dît que ce grand Prince deuoit eſtre vn grand Poëte, ſi l'amour a le droit & le priuilege, comme l'on dit; de faire les Poëtes: s'il eſt la cauſe & le principe des plus beaux Vers: & s'il eſt vray, comme ce petit Dieu s'en vante luy meſme, que ſon feu fait plus de Poëtes que toute l'eau d'Hypocrene.

Mais, mon Pere! reprit-il, en s'addreſſant à Monſieur de Malherbe, faites nous la faueur de nous dire, vous qui ſçauez tout, quelle raiſon auoient les anciens Romains d'appeller Barbares les Gaulois nos predeceſſeurs, puiſque la Poëſie n'a iamais eſté eſtrangere en noſtre Pays. On dit qu'ils combatoient au ſon des inſtrumens, dont nous retenons encore la Fluſte, & les Tymballes: Cette guerriere harmonie, iointe aux cris meſurez, aux Tambours, & autres ſemblables choſes qui ſont de la dependance de la Poëſie, marquent amour & connoiſſance pour cette Reyne des cœurs, & qu'elle est chez-nous d'aussi vieille datte, que la Monarchie. Elle y a fleury successiuement sous nos Roys, sous nos Comtes de Flandres, de Prouence & de Tholose; quoy qu'auec moins d'authorité peut-estre, en vne saison qu'en l'autre. Ie voyois encore l'autre iour dans nos Archiues immortelles, quelques pieces rares & curieuses, & que ie n'estime pas moins que la *Cassette* à l'antique de Cornaline (auec ses Fermoirs d'Emeraude) qui les contient. C'estoit vne quantité de Vers de la maniere de Thibaud Comte de Champagne que faisoit ce Prince à l'honneur de la Reyne BLANCHE, dont il estoit amoureux: I'y vy les Rhitmes, & les Chansonnettes qu'il escriuoit à son amy Raoul, Comte de Soissons, & celles qu'il receuoit de luy: Toutes ces choses nous preuuent assez que cette belle inclination qui s'est ainsi transmise, & continuée dans l'Ame de nos François depuis si long-temps, donne vn dementy public à l'orgueil de ces Maistres du monde qui nous appelloient des Barbares. Vous en auez trouué la raison, dit alors Monsieur de Malherbe, l'orgueil des Romains estoit la cause de cette erreur: il n'a jamais esté de Nation plus polie ny plus ciuilisée que la nostre, parce qu'il n'en fut jamais de plus docile, ny de plus propre au mestier d'Apollon.

Les Poëtes Peres des Sciences, les Druides, &c.

Nous fismes l'autre iour, continua-il, vn long entretien sur cette matiere, auec le *Poëte Dante*, & nostre bon amy *Petrarche*; vous sçauez que les Italiens sont fort sobres, non seulement dans leurs festins, mais encore aux occasions de loüer, ou d'admirer les œuures d'autruy: ie leur fis aduoüer qu'ils tenoient leur Poësie en foy, & hommage de nos anciens Poëtes; qu'ils s'estoient enrichis de leurs dépoüilles; que sous les Comtes Beranger de Prouence & Raymond de Tholose, ils auoient emprunté des Vers entiers, des pieces & des inuentions des nostres, qu'ils auoient mises à leur vsage, & dont ils auoient retiré beaucoup d'honneur, & de reputation.

Petrarche n'auoit garde, répond Monsieur de Voiture, de vous cacher l'Epitaphe de sa belle Laure; ce monument Royal est consacré à la gloire de sa Maistresse, & basty des propres mains de l'vn de nos Roys: il ne manque point de paroistre au frontispice de toutes ses œuures, & le bon-homme en fait grand cas, tout Philosophe qu'il est, &c.

François premier.

LE MONT-PARNASSE. OV DE LA PREFERENCE ENTRE LA PROSE, ET LA POËSIE.

DEVXIESME PARTIE.

MONSIEVR de Vaugelas qui s'estoit teu jusques-là, se leue comme s'il auoit à dire quelque chose de fort important: Ie vous demande pardon, MESSEIGNEVRS! dit-il, si i'ose vous interrompre. Vous n'obseruez pas parmy tant & de si bonnes choses que vous dites en faueur de la Poësie, que vous trauaillez contre elle-mesme : Vostre Prose est si pure, si claire, & si eloquente, qu'elle sera tousiours vn Argument inuincible, contre vostre intention. C'est en vain que vostre Poësie pretend l'aduantage sur la Riualle, si elle se cache, & c'est en vain que vous voudriez nous persuader les défauts de la Prose, si elle se montre si riche, &

si charmante : Mais enfin, continua-il, si vous la croyez si aduantagée, cette Poësie, des graces du Ciel, est-il juste, MESSIEVRS ! d'abandonner ainsi l'interest de sa Partie. N'écouterons-nous point ses raisons, ou ne l'écouterons-nous que pour la surprendre, & pour la condamner?

Cette façon de parler suspend la conuersation, l'amy Voiture & l'illustre Censeur se teurent, & Monsieur de Vaugelas, sans leur donner temps de se reconnoistre, poursuit en cette maniere.

Eloge de la Prose.

Si la liberté est l'vn des plus grands aduantages de l'homme, si elle est le Priuilege des Roys, si elle est enfin l'Appannage des Dieux ; il semble que toutes les choses qui tombent sous la jurisdiction de nos jugemens, doiuent estre estimées à proportion qu'elles participent de cette qualité sublime : Vous ne doutez pas, MESSIEVRS ! *que la Prose ne soit libre, que tous les Estres, que toute la Nature ne soit de sa dépendance, que tout ce que l'esprit conçoit, & que la parole produit, ne se montre & ne se découure que par le ministere de la Prose. Vous sçauez bien,* MESSIEVRS ! *que la Poësie n'a pas cette authorité ; vous sçauez quelle est la seruitude des Poëtes, combien de vœux ils addressent chaque iour à vos heureux Genies, combien de prieres importunes, combien de Sacrifices interessez ; vous n'ignorez pas qu'ils sont Esclaues des mots & des syllabes, qu'ils sont contraints & resserrez dans certaines Regles gehennantes dont ils ne peuuent se dispenser, sans honte & sans reproche : S'il vous plaist,* MESSIEVRS ! *d'aduoüer cette verité, n'aduoüerez-vous pas aussi-tost que la Prose libre, est vne Souueraine, & que la*

Oratio stricta.

Poësie contrainte est vne Esclaue? Quel Eloge plus grand & plus naturel peut-on faire de la Prose? Sa liberté, MESSIEVRS, comprend tous les éloges, si l'on vous dit qu'elle est le champ de l'Eloquence, vn Theatre spatieux & commode, où elle peut estaller sa Pompe & sa Magnificence; n'est-ce pas parce qu'elle est libre? Si l'on vous dit que son Eloquence combat le vice & persuade la vertu, qu'elle deffend les Innocens, qu'elle condamne les Coupables, qu'elle anime les Armées, appaise les seditions, Triomphe & Regne imperieusement sur l'esprit des hommes; n'est-ce pas, MESSIEVRS? qu'elle est libre, n'est-ce pas qu'elle est Souueraine? Si elle desarme vn grand Empereur, si elle arrache la mort & la vangeance des mains de Cesar, si elle fait absoudre Ligarius, si elle reduit les Prouinces entieres, si elle soumet les Peuples, & si elle fait tous ses Miracles sans armes, sans Trouppes, & sans Soldats, n'est-ce pas parce qu'elle est libre & qu'elle est tousiours Souueraine? Bien plus, MESSIEVRS; comme elle est capable de donner de la gloire, elle l'est aussi de donner de la ioye: Quel plaisir pour vn Orateur, de se voir applaudy de tout vn Peuple, beny & regardé de ses Auditeurs, admiré & loüé de tous les Sçauans, escouté des Curieux, s'il Harangue, leu des Doctes & des honnestes Gens, s'il escrit, connu enfin, estimé & consideré par tout où les belles Lettres sont connuës & reuerées: Mais quelle gloire, MESSIEVRS! & quel plaisir tout ensemble pour vn Demosthene de faire trembler, & suer Philippe, tant il luy suscite de Guerres & d'ennemis (ce Pere du grand Alexandre sous l'effort duquel toute la Grece a tremblé.) L'Histoire depend de la felicité de la Prose, les Vainqueurs, & les Conquerants mandient sa faueur, & reconnoissent son authorité: Il leur faut des Historiens & des Orateurs; les Harangues militaires, les demonstratiues, les jugemens & la vertu, elle mesme toute indépendante qu'elle est, sont du ressort & de la dépendance de la Prose.

Que si ce n'est pas assez de la gloire, si ce n'est pas encore assez du plaisir, & que pour nous accommoder aux foiblesses des hommes, il faille mettre l'or & l'argent au nombre des veritables biens: Ie ne pense pas, MESSIEVRS, que la Poësie le puisse disputer à la Prose: Vous sçauez dit il, en s'adressant à M. de Malherbe, si le President de Ver estoit grand Poëte; Combien de fois auez-vous froncé le sourcy à la veuë de ses miserables Rithmes? combien de fois auez-vous craché, toussé, baillé, & vous estes vous mouché, au recit de ses *pauures Vers? Il est donc vray qu'il estoit méchant Poëte, mais il n'en a pas esté plus pauure pour tout cela: Cette reputation Poëtique que vous luy refusiez, Monsieur, auec tant de justice n'a iamais diminué son reuenu, ses pieces en Prose luy ont valu des Couronnes de gloire, & des Rameaux d'or qui ne valent gueres moins que nos Couronnes & nos branches de Lauriers. Les Chancelliers, les Garde-Seaux, les Prelats, les Riches dans les Charges de la Robe, & du Parlement ne se font guere en France, par le suffrage des Muses: Ces Diuinitez que i'adore, comme vous sçauez, sont capables sans doute de faire de belles choses, d'adoucir les amertumes de la vie, & de les éloigner; mais elles n'ont iamais fait vn Riche, ny vn grand Seigneur. Les belles Abbayes, les grandes Terres, les Finances, les Charges, & les Grandeurs sont pour les Seguiers, pour les Thou, pour les Marions, pour les Sceues, les Mosniers, les Faenoillets, les Depesces, les Fouquetz, & pour cent autres Crossez & Mithrez, qui pour auoir des pistolles sans nõbres, & pour s'enrichir outre mesure ont méprisé les nombres & les mesures des Vers; & qui sur la parole charmante de leur Prose, ont heureusement preferé l'harmonie de la Harpe, à celle des Luths, des Lyres, & des autres instrumens de nos Sœurs. Cependant, Messievrs! l'Amoureux Porcheres, le piquant Regnier, le gentil Berthaud, le poly Delingendes & tous ces autres qui ont esté la joye & les delices de leur siecle, sont morts dans la misere & dans l'abandonnement: Mais l'oserons-nous dire, nostre illustre Censeur! vous qui auez esté l'organe des Roys, & le Secretaire de leurs Amours; vous qui ne deuiez jamais mourir que pour honorer vn Mausolée de vostre cendre; vous-mesme auez-vous eû vn sort de beaucoup plus honnorable & plus heureux, que celuy des Theophiles, des Mottins, & des S.-gelais. N'a-il pas fallû que tout le Parnasse se cottizast, pour enterrer ses freres, dont le seul aduantage en leur mort a esté d'estre semblables a ces Capitaines Romains qui ne gagnoient pas assez dans toute leur vie & par toutes leurs Victoires, pour faire le dot à leur filles, & les frais de leurs Funerailles? Disons, si vous voulez, que la Fortune est vne ingrate, vne aueugle diuinité, qui a declaré la guerre depuis long-temps à la Vertu: Mais la Philosophie, Messievrs! qui n'est point aueugle, qui n'est point ingrate, qui ne trompe personne, & qui ne peut estre trompée, la Philosophie, dis-je, n'a-t'elle pas prononcé hautement contre la Poësie,*

par

par la bouche de Platon, lors que le Demon des Sciences bannît les Poëtes à perpetuité de sa Republique.

Le bon Monsieur de Malherbe n'eût pas assez de flegme pour oüir plus long-temps sans s'émouuoir, cette Eloquente Satyre: *(Et tu quoque fili)* dit-il, *en l'interrompant, sur quoy le Braue Voiture s'écria: Non, non, mon pere! il n'est pas juste que vous vous déclariez ny pour, ny contre, en cette occasion; vous estes trop obligé à la Poësie, & la Prose vous est trop obligée; il touche à moy de prendre Party en cette affaire. Vous me permettrez, s'il vous plaist, de mettre ma taille en honneur & de me mesurer auec vn Grand-homme.*

N'ay-je pas le cœur assez hault,
Et pour dire tout ce qu'il fault,
Vn aussi grand desir de gloire,
Que i'auois lors que i'escriuy
Ces Lettres, d'heureuse memoire,
Dont le beau-monde fût rauy?

Vne seule chose m'embarrasse, continua-il; c'est que Monsieur de Vaugelas a fait l'Orateur contre les Pactes, & Conuentions de nostre Traitté: Vous auiez ordonné au commancement, si ie ne me trompe, que nous agiterions la chose par forme de Conuersation, où ie me croyois dans mon fort, sur la parole de mes bonnes Amies, qui m'ont donné bonne opinion de moy-mesme en cet article: car de pretendre de Voiture qu'il parle Oratoirement de la Poësie, c'est le reduire à la

Monsieur de Voiture vn original dans la conuersation.

D.

necessité de faire vn miracle plus grand, que celuy qu'il fit autresfois, de faire parler Poëtiquement vne Taupe, vn Grillon, vn Hibou, ou vne Tortuë.

Ie commence par où nostre cher Obseruateur a conclu son inuectiue : & ie réponds que si le Demon des Sciences a banny la Poësie hors de sa Republique imaginaire, le Demon, de Malherbe est plus fort que celuy de la Philosophie : C'est ce Demon de la bonne Cour, & de la Galanterie, qui la rappellée ou retenuë dans nostre France. *Ie responds, que le mesme Platon à fait penitence publique de cette erreur, qu'il a chanté la Panilodie peu deuant sa mort, & qu'il a confessé que les Poëtes estoient les Enfans des Dieux, & les Peres de la Sagesse. Et certes,* Messievrs *! ce bon-homme auroit eu grand tort de condamner la Poësie pour estre libertine, de l'appeller vn doux venin, de la vouloir abolir, ou interdire, puis qu'il n'est point de Fable si licentieuse dans les Poëtes, point d'impieté, point d'extrauagance, qui puisse égaler celles de son Phædre, de son banquet & de quelques autres de ses Pieces.*

On dit que la Prose eloquente donne le bien, les Charges, & les honneurs, i'en suis d'accord, & ie soûtiens que toutes les preuues & les citations, tous les exemples & les raisonnemens qui appuyent cette proposition, sont en faueur de la Poësie : Ie ne dy rien, Messievrs *! dont vous ne soyez bien-tost conuaincus, s'il vous plaist de considerer que la Prose n'a point d'ornement naturel, point de grace qui luy soit propre, & que pour toutes les grandes choses qu'elle s'applique,* elle doit prendre le titre & la qualité de l'éloquence. Nostre cher Obseruateur, continua-il, en regardant Monsieur de Vaugelas, l'a bien compris, lors qu'il a dit la Prose Eloquente. C'est doncques l'éloquence & non pas la Prose qui est victorieuse, qui est triomphante, & qui fait tous les miracles que vous auez oüis. Qu'est-ce donc que cette Eloquence? Elle est la diuinité des Poëtes, elle habite la sublime region du Parnasse, elle est le Demon, l'Ame, & l'essence des beaux Vers, elle est ce transport & cet anthousiasme dont on parle si souuent; & que si peu de Gens connoissent: Ainsi l'on ne sçauroit dire de la Prose qui demeure dans les termes de sa nature & de sa deffinition, qu'elle ait rien de comparable à la Poësie: & l'on ne sçauroit nier que la Poësie ne preste ses beautez & ses agréemens à la Prose: Celle-cy ne brille qu'à la faueur de ses lumieres, elle ne surprend l'Auditeur que par son adresse, elle ne le gagne & ne le persuade, elle ne l'estonne & ne le combat que par les figures de la Poësie, que par ses transports, ses éleuations, & ses mouuemens: Cela est si vray que nous voyons ordinairement que lors que la Poësie se lasse ou s'affoiblit, elle deuient vne honneste façon de parler en Prose; comme au contraire la Prose éloquente, esleuée & sublime, deuient le style des Poëtes & qu'autant que l'vne ou l'autre de ces facultez se preste & se communique à sa contraire, elle l'éleue ou l'abbaisse, selon sa nature.

De là, MESSIEVRS! nous pouuons iuger du foible de la pluspart des hommes qui se sont trompez dans le iugement des Autheurs; de là nous pouuons dire que les Amis de Monsieur de BALZAC sont de pauures

Amis, qu'ils sont des Ignorants ou des Calomniateurs, lors qu'ils ont donné le nom d'Orateur à ce grand homme, au lieu de luy donner celuy de Poëte, qu'il a si bien merité.

Cette proposition est hardie, elle paroistra temeraire, elle passera pour vn Paradoxe parmy les hommes; mais parmy nous autres demy-Dieux, qui voyons les choses comme elles sont, elle n'a rien d'estrange, elle n'a rien de surprenant. On dira peut-estre que si la Rhitme faisoit le Poëte, i'aurois bien de la peine à prouuer ce que i'aduance: Ie l'aduoüe, Messieurs! si la Rithme n'estoit autre chose que cette Consonance ou Conformité des Tons, que les femmes & les enfans s'imaginent dans les Vers: Mais nous apprenons de l'ancienne Grece, ce que c'est que la Rithme, son vsage & ses qualitez; elle est vne certaine cadence ou proportion des mots qui tombent auec harmonie & auec justesse: c'est vn arrengement des paroles choisies, c'est la qualité & la quanté des syllabes bien obseruées, & semblables choses qui ont acquis de si beaux Noms, à Ciceron & à Balzac. On dit de ce premier qu'il n'auoit pas moins de douceur dans ses Discours, que les Virgiles & les Ouides dans les leurs: Et n'est-ce pas, Messieurs! qu'il obseruoit la cheutte de sa periode, qu'il la ménageoit & la conduisoit par certaines clauses compassées, nombreuses, & mesurées: jusques-là qu'il se vante luy-mesme quelque part, d'auoir fait batre des mains à tout le Peuple, de l'auoir rauy de joye, & d'admiration par vn mot de quatre syllabes, qu'il auoit placé & disposé selon son Art. Peut-on nier que Monsieur de Balzac, n'ait commenté ces doctes leçons, qu'il n'en ait fait meilleur

Temeritas filij comprobauit&c. hoc dichorzo, tantus clamor concionis excitatus est vt, &c. Cicer.

vsage que son propre Maistre : Ce n'est pas, MESSIEVRS! *que ie vueille conclure de là que Ciceron, où ses vrays Imitateurs soient Poëtes, j'entends seulement que ceux qui ne l'ont pas bien imité, ou qui l'ont voulu surpasser dans l'artifice de son Eloquence, ont atteint cette haute & plaisante idée de la Poësie, qui se tire des routes communes de la Prose ; ils se sont guindez, & esleuez au dessus d'eux-mesmes, & ont dit les choses tout comme les Poëtes les imaginent : C'est le sentiment du mesme Monsieur de* BALZAC *en quelque endroit de ses Oeuures, où il appelle cette sorte d'Eloquence* de belles imaginations, dont on n'est pas responsable en Iustice, & des emportemens, qui sont des priuileges du mestier. *Ne pensez pas,* MESSIEVRS! *poursuiuit-il, que les loüanges que ie donne à Monsieur de* BALZAC *soient vne digression de nostre subiet ; le grand* BALZAC Poëte, *est vn grand Argument en faueur de la Poësie: Mais reuenons à la Rithme, reprit-il, pourquoy pensez-vous que le bon* RABELAIZ *ait esté mis au rang des illustres Poetes de son temps, luy qui n'a fait que tres-peu de Rithmes Françoises? N'est-ce pas que ses plaisantes Figures, ses Fictions, son style extraordinaire, ses Locutions non communes, luy ont procuré cet aduantage? N'est-ce pas pour auoir escrit les Heroïques faits de son Gargantua, pour auoir eu l'esprit heroïque, railleur & releué, grand & vniuersel, qui sont les qualitez essentielles & necessaires du Poëte, & celles que le Ciel a données au grand* BALZAC. *Moy-mesme,* MESSIEVRS! *que vous souffrez icy pour l'Aduocat de la Poesie, qu'ay-je fait en mon temps? qu'ay-je escrit qui soit digne de la Pompe Funebre dont le Parnasse honora ma mort, &*

rendit ma seconde vie immortelle; seroit-ce à vostre aduis pour quelques Rondeaux bien conduits, pour deux ou trois Chansons, pour quelque Burlesque mal digeré? Ie ne suis pas assez prophane, MESSIEVRS! *pour soupçonner Apollon de cette iniustice; il faut doncques que mon Genie ait esté mon Soliciteur, & que ce Genie ait esté Poëte, aussi bien dans ma Prose, que dans mes Vers. C'est mon Alcidalis sans doute qui a parlé pour moy, ce sont mes Lettres à la Marquise de Sablé, à Mademoiselle, de Remboüillet, au Mareschal de Chombert, au Prince de Condé: Ces Lettres Gallantes & Amoureuses, ou tantost Paladin, & tantost Roman, tantost Carpe, & tantost Broschet, ie suis tousiours Voiture, & tousiours inimitable, où sous le style bas & rempant de la rose, ie cache le plus fin & le plus delicat de la Poesie, où i'exprime aux yeux des Doctes honnestes Gens, un pur extraict de l'esprit de Terence, d'Horace, & de Catulle. Que si la faueur du Ciel, & la naissance m'ont porté dans cette éleuation de gloire, que i'estime si fort, Monsieur de* BALZAC *s'y est poussé de luy-mesme, il a grimpé nostre saincte Montagne, il a forcé le Palais des Muses, & malgré les Astres, & malgré la nature, il s'est acquis cette sublimité d'Eloquence, qui luy fait tant d'admirateurs, & tant de jaloux: La difference qu'il y a de luy à nous, c'est que nous n'estimons pas autrement nos Ouurages, parce qu'il ne nous coûtent guerres, & luy au contraire, qui a distillé son Ame goutte à goutte, qui a consommé sa vie sur ces Liures, qui les a regardez comme vne partie de luy-mesme, vne partie qui luy est infiniment chere, les estime infiniment.*

Ces paroles de Monsieur de Voiture me surprirent, ie ne pouuois le comprendre, & ie les considerois comme l'on fait vne nouuelle doctrine dans la Religion, auec vne curiosité scrupuleuse. I'auois leu toute ma vie les œuures de Monsieur de BALZAC, auec tant de plaisir, j'auois rencontré tant de fleurs, tant d'abondance, tant de varieté dans cette lecture, que j'aurois iuré qu'il estoit le Fauory des Graces, qu'il enfonçoit la main dans leurs finances, iusques au coude, & qu'il ne regaloit ses Lecteurs, que des profusions que le Ciel luy auoit faites. Ie fus sur le poinct de parler, & de mesler mes doutes parmy les veritez de ces demy-Dieux, lors que mon Genie s'apperceut de mon inquietude; Vous n'estes pas icy, me dit-il, pour donner des aduis, ou des instructions, & vous en deuez attendre auec respect: Mais, adiousta-il, pour vous reduire encore mieux à l'opinion de Monsieur de Voiture, souuenez-vous du linge que nous auons veu sur la teste de Monsieur de BALZAC en l'abordant, & qui sert de baze à sa Couronne, c'est là comme le monument, la marque, & la memoire eternelle de ses fatigues passées: c'estoit-là l'instrument, dont son Valet de Chambre, d'vne part & Totila son Secretaire de l'autre, se seruoient, lors que leur digne Maistre estoit pressé de quelque grande imagination; il luy serroient les temples de toute leur force, & le faisoient accoucher ainsi de tant de beaux enfans spirituels qui courent encore le monde.

Monsieur de BALZAC cy-deuant representé auec sa Serviette.

Monsieur de Voiture qui auoit pris garde à

mes doutes, reprit son Discours en cette maniere: Cette fluidité apparente, cette grande facilité à dire les choses, qu'on rencontre par tout dans les œuures de nostre BALZAC: c'est cela mesme qui luy a tant donné de peine & de trauail, c'est pour acquerir ce petit aduantage, qu'il a sué en son temps, & qu'il a rongé ses ongles plus d'vne fois. Que si ce n'estoit pas assez des raisons & des exemples, ie voudrois faire relire ses œuures: Ie m'asseure que les foibles & les préoccupez se rendroient bien-tost, qu'ils seroient conuaincus par demonstration de tout ce que j'aduance, qu'ils aduoüeroient auec moy que le grand BALZAC a esté Poëte, que sa Prose est Poëtique, & qu'il a humé le bel air de la Poësie. Bien dauantage, MESSIEVRS! qu'il n'a point ignoré les diuers genres de cette Poësie, qu'il en a traitté de toutes les manieres; son Prince est nay sous l'heureuse influence d'Apollon, & des Muses; ces astres du parnasse ont regardé amoureusement les premieres Pages de son Liure, il commence par vne description tout à fait Poëtique, on peut voir le Charactere de la Satyre dans ses Dissertations, celuy de l'Elegie dans ses maladies, & dans ses Amours. Il a fait des Comedies sans y penser, comme on dit de l'enfance d'Ouide, qui faisoit des Vers sans les vouloir faire; ou du moins il a donné le sujet à la Comedie des Comedies, qui est tirée, & extraicte de ses figures agreables, & de ses estranges façons de parler. Enfin on peut voir par ses Ouurages immortels, que tout ce

que

que ce diuin Autheur manioit, deuenoit or entre ses mains, que tout deuenoit lumiere comme entre les mains d'Apollon. Le voulez-vous voir, MESSIEVRS! regardez Rome, en elle mesme, regardez-la dans la premiere Prose du monde: N'est-il pas vray que Rome sera tousiours Rome, & que par quelque endroit que nous la regardions, nous ne verrons jamais que deux syllabes dans ce grand mot? Portez la veüe, MESSIEVRS! dans les Escrits de Monsieur de BALZAC, vous verrez *que Rome est vne ville dont les ruës sont pauées de Dieux, bordées d'Histoires & de Fables: Qu'on y marche sur les Cesars, & sur les Pompées.* Ce Tybre qu'vn de nos Amis met au dessous de la riuiere des Gobelins, est selon l'esprit du grand BALZAC *vne Riuiere où les Romains ont fait l'apprentissage de leurs Victoires, les Pirenées sont ces hautes Montagnes, qui ont trois Hyuers en l'année, & dont les Neges ne fondent iamais que dans le vin Muscat ou le vin d'Espagne. Il iure à sa Maistresse que les souspirs qu'il pousse pour elle, font quatre cent lieuës par iour, sans se lasser:* Quelle est la Poësie, MESSIEVRS! qui s'aduisa iamais d'vne plus plaisante maniere de s'exprimer, quelle est cette ambitieuse Poësie qui peut atteindre le vol de cette Prose extraordinaire, & merueilleuse? Apres cela, MESSIEVRS! ie n'allegueray point vn Martial dont vne seule Epigrame, vaut vne liasse des Lettres de Seneque: BALZAC Poëte iustifie l'excellence de la Poësie, & quand l'Eneide, & le Cid, ne seroient point, BALZAC tout seul l'emporteroit pour cette belle & charmante Poësie, sur toute la Prose moderne; & sur les rêueries de l'ancienne: Monsieur de Voiture s'estant arresté tant soit peu apres ce discours; *ie ne m'amuse point, réprit-il, à combattre ce qu'on impose à la Poesie, qu'elle est vne Esclaue, si ie n'estois asseuré que c'est-là vne raillerie de nostre cher Obseruateur, & qu'il a de meilleurs sentimens qu'il ne témoigne: ie luy demanderois en Amy, s'il estime la seruitude des Grammairiens plus honneste que celle des Poetes, si la rigueur de sa Grammaire Françoise, l'obseruation des mots, des propositions, ou post-positions, des cas, des verbes, des temps, & des articles, n'est pas quelque chose d'aussi gehennant que les Regles de la Poesie? Il me semble,* Messievrs! *quand i'entends parler de la liberté de la Prose, que ie voids la Philosophie Cynique auec son orgueil ridicule, qui méprise le grand Alexandre: la Prose est libre comme le sont les gueux & les miserables, ils courent le monde, ils battent le paué, ils ont toute la terre sous les pieds; mais ils mandient, mais ils viuent d'emprunt, mais ils souffrent la faim, & la soif, le froid & la nudité; la Poesie est Esclaue comme le sont les Reynes, & les Princesses, elles sont entourées de Gardes, suiuies d'vne grande Cour, chargées d'or & de Pierreries.*

Ie sçay, Messievrs! *qu'il y a eu de faux Sages, qui ont appellé toutes ces choses vne grande seruitude; mais si cette seruitude au milieu de toutes les commoditez de la vie, accompagnée de grandeur, d'abondance, & de felicité, peut les mesmes choses que la liberté; ne seroit-ce pas vne grande folie, d'estimer mieux le Tonneau de Diogenes que les Chaînes pretieuses d'Alexan-*

dre? Qui a iamais dit que la Politique qui gouuerne les Peuples & les Estats, que la Guerre qui donne ou rauit la liberté, fussent des Esclaues, parce qu'elles ont leur Art, qu'elles sont dépendantes de leurs Loix, & de leurs Maximes: Quelle est cette Science? Quelle est cette discipline, qui n'est point enfermée dans certaines Regles, ausquelles elle se soûmet necessairement pour sa perfection? Enfin, MESSIEVRS! *la Poesie toute Esclaue qu'elle est, ne trouue rien d'impossible, elle ne represente pas seulement les choses, elle fait en quelque maniere ce qu'elle dit; elle fait la tempeste, elle fait la guerre, elle fait tout ce que Iupiter luy-mesme peut faire: Elle tonne, elle foudroye, elle calme l'orage, ou elle l'excite: elle défait des Armées, elle jonche la terre de morts: elle fait plus que tout cela,* MESSIEVRS! *puis qu'elle me fait aujourdhuy son Aduocat, & le contretenant de nostre cher Monsieur de Vaugelas, que i'honnore parfaitement. Il est vray, adiousta-il, que ie luy faits grace de plus de la moitié, & que s'il m'estoit permis de plaider ma cause en Vers, ie pense que l'Aduocat de la Prose passeroit assez mal son temps.*

Monsieur de Vaugelas sousrit à ce discours, & ne repartit que des yeux, & Monsieur de Malherbe dît qu'ils n'auoient rien à se reprocher l'vn à l'autre; que si l'vn auoit commencé en Orateur, l'autre auoit parlé en veritable Partisan de la Poësie: Il fût pressé en suite de dire son sentiment sur la question proposée; mais il respondit auec vne espece de chagrin scientifique, qu'il auoit desia dit son sentiment, & qu'il ne le changeroit pas: Monsieur de Voiture nous expliqua ces paroles,

& nous pria de nous reposer dans son appartement, iusques au lendemain que Monsieur de Malherbe nous donneroit la response d'Apollon & la decision de nostre affaire.

LE MONT-PARNASSE, OV DE LA PREFERENCE ENTRE LA PROSE, ET LA POËSIE.

TROISIESME PARTIE.

MON *oisiueté mesme est occupée*, disoit autrefois vn Autheur celebre; il parloit en pretendu Prince du Royaume d'Apollon: car icy l'on ne dort iamais, ou du moins on agit en dormant. Le sommeil de beaux esprits est vn estude, leur imagination trauaille, elle court, elle ramasse diuerses idées, dont à leur réueil ils disposent, & qu'ils mettent en œuure pour acheuer & pour embellir ces admirables compositions qui font la richesse des Imprimeurs, & l'admiration du commun des hommes. Nous passâmes encore cette nuict comme les autres, & nous n'eusmes ny l'enuie, ny la necessité de dormir, tant il est vray que le Parnas- BALZAC.

se est remply de nobles curiositez, & de doctes amusemens. Monsieur de Voiture prit la peine de nous entretenir des choses les plus importantes, & des personnes les plus considerables de cette Cour; il nous apprit entre-autres choses que les beaux esprits domiciliez, & habitans du Parnasse, y sont à peu prés de la mesme maniere, que les Cheualiers de Malthe sont dans leur Isle, auec cette difference, que l'honneur des Dames (qu'on appelle icy Heroïnes, est vn peu plus en seureté parmy les Religieux d'Apollon, qu'il n'est parmy les Religieux de sainct Iean.) Ils reuerent tous ce Dieu comme leur Grand-Maistre, & leur Souuerain, les Guerres de France & d'Espagne, n'alterent iamais leur amitié, ils sont parfaitement vnis contre les Barbares, qui font de frequentes courses en leurs Costes, & quelquesfois auec perte & dégat de leur Terroir, de leurs grains & de leur fourage. Il nous apprit que les Enuieux, & les Ignorans estoient les seuls, & les Anciens ennemis de l'Estat: mais ce qu'il nous dît de plus surprenant, & que vous aurez peine à croire, MESSIEVRS! est qu'il y a mesme des hommes mortels, de Modernes Escriuains, qui se reuoltent contre les demy-Dieux, & Titulats du Parnasse. Il nous apprit qu'vn certain Secretaire d'vn Seigneur de France, auoit censuré depuis peu le Secretaire d'Apollon, & que cette nouueauté auoit ses Partisans, ou du moins ses Spectateurs; mais que tous les efforts de ceux-cy, de ces enuieux, & de ces ignorans, estoient des vapeurs de la terre, qui ne pouuoit monter iusques à la suprême Region de leur air: Que le grand Malherbe auoit sujet de craindre cet insulte fait à sa reputation establie, comme l'auroit vn Lion de redouter l'attaque d'vn Chéureau, d'vn Cerf ou d'vne Brebis.

Lors qu'à grands coups de son Tonnerre
Iupiter le Ciel deffendoit
Contre les Enfans de la Terre
Que le fier THIPHON *secondoit:*
Ce Dieu, tout Dieu qu'il est, eut (dit-on) l'ame atteinte
D'vne legere crainte;
Le grand Conseil des Dieux, remarqua son ennuy,
Malherbe *du haut du Parnasse,*
Esprouue vne pareille audace,
Mais il fait mieux le Dieu que luy.

C'est à dire, poursuit Monsieur de Voiture, que Malherbe n'inuoquera point le Ciel & les Enfers contre cette engeance de terre qui l'attaque, & en cela il fera mieux le personnage d'vn Dieu, que Iupiter luy-mesme, qui semble perdre son repos & sa tranquillité pour se deffendre de ses ennemis: Il n'a besoin de personne pour la deffence de ses Oeuures, il ne veut point d'Apologiste, son siecle plaidera sa cause contre toute vne posterité d'enuieux. Ce n'est pas, dit-il, que les Malherbes, & les autres Heros n'ayent esté des hommes, & foibles & subjets à l'erreur comme les hommes; mais ie soustiens, qu'aprés leur Apotheose, leurs foiblesses, & leurs erreurs sont diuinisées en quelque façon, que l'enuie & l'ignorance ne ſont plus receües à les quereller, qu'il y a preſcription de temps, que leur Tombeau doit eſtre ſacré, que leurs fautes meritent le meſme priuilege que l'yurognerie de Caton; & qu'enfin ces prophanes, & ces temeraires, qui pretendent à l'immortalité par des attentats, & par des ſacrileges, verront perir leur Critique durant leur vie, où Monſieur de Malherbe, voit encore aprés ſa mort, le Triomphe de ſes Poëſies.

Apres ce petit emportement en faueur de ſon illuſtre Collegue; nous appriſmes encore de ſa bouche, le culte & l'honneur aſſidu qu'on rendoit au grand Apollon, qu'il eſtoit ſeruy, & reueré dans ſa Montagne comme le plus grand Monarque du monde dans ſes Prouinces: Qu'il a des Princes & des Roys pour ſes Vaſſaux, qu'il en a d'autres qui ont eſté miſerables durant leur vie, Gredins & Maiſtres d'Eſchole; mais que la condition des vns & des autres eſt confonduë dans la qualité de Vaſſal ou d'Officier du grand Apollon.

Le Secretaire de Monſieur de Malherbe nous vient prendre au poinct du iour, & Monſieur de Voiture ſelon ſa Charge & ſon humeur obligeante, nous conduit iuſques au Temple, ſans ceſſer de nous inſtruire & de nous entretenir. Ie ne vous ennuyeray point, MESSIEVRS! par la deſcription de ce Temple, l'incurioſité de mon Genie qui auoit oublié ſon Crayon, eſt la cauſe que nous n'en auons pas le Plan. Il vous doit ſuffire pour le preſent, que tout ce que l'Art joinct à la Nature

nature ont de plus exquis, sert à l'embellissement du dehors, de ce Temple. Il a cela de commun auec le Palais du Soleil, que vous auez veu dans les Metamorphoses d'Ouide, que l'artifice l'emporte sur la matiere. Ie ne sçaurois mesme vous dire si cette matiere est de Marbre, Iaspe, Lapis, Azulis, ou de Porphire, tant i'estois rauy & comme esbloüy des estincelles de lumiere qui en réjallissoient: Ie pense qu'elle est de Christal fusible, fondu & confondu auec l'or le plus pur & le plus fin qu'Apollon ait tiré de ses Mines de Potossy. La figure en est ronde, & la porte ouuerte à toute sorte de personnes. Il est vray qu'il y a vn bonhomme de Portier auec lequel on raisonne, si l'on veut estre introduit dans le Sanctuaire; autrement on demeure dans le Vestibule, auec les gueux & la canaille. Ce n'est pas que les gaillards & les plus habiles, ne trompent souuent le vieillard, & qu'ils ne s'introduisent eux-mesmes, sans demander congé; mais ceux-cy sont reconnus à la fin pour des Passeuollans: On ne leur donne aucun employ d'importance, & quoy qu'ils s'empressent extrêmement, iusques à importuner les Muses, il ne leur est permis autre chose que de Psalmodier durant les vingt-quatre heures, & de chanter tout leur saoul, quelques méchants couplets qui n'ont gueres l'approbation des honnestes-Gens, ny le priuilege de plaire.

Le Portier s'appelle Homere, il est Aueugle, & le plus ancien faiseur de Vers qui soit dans tout le Pays. Le cher Monsieur de Voiture le fit parler, & nous apprismes de sa bouche vne partie de ses aduentures, & quelque chose encore de ce que nous deuions attendre du succez de nostre voyage. Il parloit de la faueur, en Courtisan disgracié, il vantoit ses seruices mal reconnus, & se plaignoit fort de ses Ennemis. Il appelloit de ce nom, les nouueaux Academiciens, d'Arles, d'Auignon, & de Paris. Ce sont eux, disoit-il, qui veulent effacer par leur reputation naissante, celle qui m'est acquise depuis tant de siecles. Ils sont cause, ces Puristes modernes, que nous ne sommes plus en honneur, prés de sa Majesté Parnassienne: Ie ne suis pas le seul, continua-il, toute la grece Polie, toute la grece Eloquente, les Pindares, les Sophocles, les Euripides & les Mœnandres, ont le mesme sort que ce pauure Vielleur qui parle. Hesiode, Herodote, Demades, Pericles, & Demosthene, & tous les autres poëtes, Historiens & Orateurs sont disgraciez aussi bien que nous. On nous a releguez à la porte, comme des Prophanes, & des Excommuniez.

Monsieur de Voiture qui vouloit nous diuertir, mettoit en jeu le bon-homme; il est vray mon pere, luy disoit-il, que le Parnasse vous doit vne partie de son lustre, vous auez esté le Pere Nourricier de la Poësie, vous l'auez bercée, nourrie, éleuée, & conduite iusques à son âge parfait; mais en verité, vous autres vieilles Gens, vous vous plaignez souuent par coustume, ou par vanité, plustost que par raison! N'auez-vous pas fait vostre temps, & trouueriez-vous bon auiourd'huy, que la fortune des Assyriens, ou des Medes, intentast Procez à nostre siecle, de ce qu'elle n'est plus Conquerante, qu'elle n'est plus Couronnée? Ie veux que tous les siecles déposent en vostre faueur, que vous auez esté le fidelle, l'amy, le grand appuy de cette Poësie; vous n'en estes pas le Pere: Apollon luy mesme change de face, toutes les années aussi bien que la fortune; il s'accommode aux saisons, aux esprits, aux caprices des hommes. Il se plaist auiourd'huy aux Vers François, vostre Grec est estranger & barbare en ce Pays, on le trauestit, on l'habille à la mode de la Cour? Est-ce là vn si grand outrage que vous dites. Et puis, adiousta-il, faites-vous justice à vous-mesme, remettez-vous en memoire la temerité de vos pensées & de vostre eloquence; souuenez-vous que vous auez parlé des jeux, & des familiaritez de *Iupiter auec sa sœur*, comme si tout cela s'estoit passé deuant vos yeux. Quoy qu'il soit vray que vous soyez Aueugle de naissance, vous ne pouuiez pas ignorer ce *(manet alta mente repostum)* que Virgile a sçeu, luy qui n'est que vostre disciple, & que tout ce qui désoblige Iunon, ne s'efface jamais de son cœur. Le bon-homme se prit à soûpirer à ces dernieres paroles? Hé bien, dit-il, puis que nostre langue n'est plus à la mode, empruntons celle de nos Copistes; & si l'iniure que vous dites, n'est pas perimée par le laps du temps, disons auec celuy que vous venez de citer, disons à cette cruelle Deesse,

TANTÆNE ANIMIS COELESTIBVS IRÆ.

Nous laissons-là le bon-Homere, & suiuons nostre Guide dans le Temple : Nous eusmes de la peine à le trauerser, tant la foule des Poëtes estoit grande. Il y en a de toutes les Nations ; mais de la Françoise plus que des autres. La Nef a ses murs tapissez de grandes pieces de Comedie en broderie d'or & de soye ; Les Aduantures de Cassandre, du grand Cyrus & de Clelie, sont representées sur vn paué clair & luisant comme brique de Catalogne : L'ouurage en est curieux, il est de Mosaïque, ou à pieces de rapport, tres-fines & pretieuses ; les occupations sont diuerses de toute cette foule. Elle est composée d'Autheurs de diuers genre, & de diuerse espece d'hommes, de femmes, de bons & de mauuais Poëtes, qui tous s'entretiennent de Pieces d'esprit, ou du moins qui leur semblent telles. Quelquesfois ils regardent les Tapisseries ou le Paué ; ils ne disent mot, ils rêuent, ils se mangent le bout des doigts, & frappent de la main contre leur front en se promenant : De maniere qu'vn Estranger, qui n'auroit jamais oüy parler du transport & de l'enthousiasme, seroit surpris de la deuotion qu'on pratique dans ce lieu, & prendroit cette sorte de Gens pour des Magiciens, ou des Demoniaques.

La troisiesme partie du Temple, qu'on appelle le Sanctuaire, est de figure oualle, la porte en est fermée aux Prophanes, & les seuls Fauoris des

Muses y sont admis. Nous entrâmes sous les heureux auspices de nostre Conducteur, deuant qui la porte s'ouurit d'elle-mesme. Elle est d'vne matiere pretieuse, dure & luisante comme Esmeraude; elle est faite par ressort, mais auec tant d'art, qu'elle semble animée, & raisonnable. Elle connoist les personnes par la difference des sons, & répousse; tous ceux qui se presentent, sans les ceremonies requises. Premierement il faut batre de la teste, & non pas de la main; il faut frapper auec methode & harmonie, & enfin il faut auoir vn Passe-port de la nature; à moins de quoy, on se casse la teste, & l'on est repoussé honteusement. Il est vray, que les Officiers, domestiques d'Apollon, ou ceux de leur suitte, sont dispensez de toutes ces choses.

Le Sanctuaire est le lieu où la Majesté du Dieu se manifeste, où l'on prononce les Edicts, où les Oracles se rendent: Les Muses y ont leur rang & leur sceance, Monsieur de Malherbe est leur Secretaire aussi bien que d'Apollon, & leur Interprete; outre ce, il a conserué la Charge de Censeur qu'il auoit autresfois dans le monde.

Ce lieu n'est remply que des Gens d'élite; Monsieur de Voiture nous en montra vne douzaine, dont il nous fit les Eloges superbes. Virgile & Horace (car les Latins occupent les premieres places) Ouide, Martial, Catulle, Lucain, & les autres sont logez au dessous des Muses à costé droict; & vous sçaurez en passant que Lucain estoit alors de Semestre auec les Poëtes, & qu'il est les autres six mois de l'an auec les Orateurs. Celuy-cy est le seul qui a ce priuilege d'estre Orateur & Poëte. Ioachin du Bellay, Pierre Ronsard, Saluste du Bartas, sont du costé gauche, au dessous des Muses. L'Ingenieux Arioste, l'Heroïque Tasso, le Copieux Marin, & le Cœco-d'Hadria, que l'Italie appelle *Il Monstro*, pour marquer son prodigieux talent, suiuent les Autheurs François, (n'en déplaise à certains Adorateurs des caprices Italiens,) les Espagnols viennent apres; mais sans aucune jalousie, pleins d'honneur, & de bonne opinion d'eux-mesmes. Ils disent, qu'à la mode de leur Pays, les Seruiteurs vont deuant. Lopes de Vega, el Conde de Vila Modiana, Dom Luys de Gongora & Garcilasso, sont icy fort considerez: Ils se disent *Titulados*, & se tiennent couuers deuant Apollon, comme les Grands d'Espagne deuant le Roy. Les Orateurs, les Historiens, & tous les autres Amateurs des Arts & des Sciences y sont considerez, selon que leur talent est considerable. Alexandre le Grand, Iule Cesar, Charlemagne, & François premier y sont en qualité d'Eloquens, de Poëtes, & de Philosophes: C'est ce qui m'obligea de marquer mon estonnemeut à Monsieur de Voiture. Voilà ce que ie n'eusse iamais peû croire, dis-je: & ce qu'on ne m'auoit iamais enseigné, Alexandre au nombre des Conseillers d'Estat, & des Sages dans le Royaume des Lettres! On me l'auoit fait passer pour vn violent, vn vsurpateur, vn insatiable de gloire qui sont des qualitez bien opposées à la Philosophie. Nullement, me répond mon Guide, vous ne sçauez donc pas la veritable definition du Philosophe : C'est vn animal de gloire, & le Conquerant de l'Asie n'estoit pas autre chose. Les Philosophes suënt & courent apres cette vaine Idole auec plus d'ardeur & d'empressement que les Capitaines : Ils ne sont animez que du vent de l'ambition ; & pour vous bien persuader cette verité, croyez aux reuenus, aux grandeurs & au faste de quelques-vns d'entr'eux, plustost qu'à leurs belles paroles & fausse Doctrine : Et quand ils seroient plus pauures que Bias, ou que Diogene, croyez enfin, que le mépris de la gloire est la suprême ambition.

Ie demanday pour lors des nouuelles de ce Diogene, d'Epicure, & des autres inuenteurs des Sectes. Tout cela, me respond mon Guide, est relegué auec les anciens Poëtes, & les Rheteurs Grecs, dans le Vestibule, & durant cette année que nous auons humé l'air de France, ils ne se mesleront point de nos affaires. Il leur est permis cependant de tenir Foire ouuerte à l'entrée du Temple, pour tous les Curieux des Colleges, & pour tous les Amateurs d'antiquailles. Il y a pourtant quantité d'Esprits considerables des autres Nations qui se plaisent auec ces disgraciez ; Entre autres deux Autheurs François que vous ne connoissez peut-estre pas ; Guillaume de Lorry, & Iean de Mehun. Ils sont les deux peres du Roman de la Rose : Et certes vn seul n'estoit pas suffisant pour vn ouurage si abondant, & si remply qu'est celuy dont ie vous parle. Cette piece fut l'incomparable en son genre, & dans son temps: Sa locution estoit belle, son style plein de sang & de nerfs, semé de Sentences mouelleuses & de pensées admirables. Il me fâche, adiousta-il, que ces honnestes-Gens ne soyent pas reconnus pour ce qu'ils valent; & qu'auec tant d'esprits dont le Ciel les a pourueus, ils ne puissent auoir cét esprit d'accommodement, qui est si necessaire dans le Commerce du Parnasse, aussi bien que dans la vie ciuile. Ce n'est pas vn grand malheur pour eux, dis-je alors, d'estre faits les Compagnons de fortune des Homeres, des Pindares, des Demosthenes, & de ces autres grands Personnages que vous auez nommez. Non, me dit-il, mais le nombre des bons est moindre que celuy des méchans Autheurs; les Satyriques Maladroits, les Burlesques infâmes, les Vandeurs de Chansons, les faiseurs d'Acrostiches & d'Anagrammes, les Pedans, les faiseurs de Retrogrades, toute cette Engeance poudreuse & mal propre, se mesle, s'intrigue, & se confond auec tant d'illustres Bannis, que nous auons rencontrez dans le Vestibule. Mais, adiousta-il, vous ne demandez rien de nos Dames, les fausses Pretieuses, autrement les veritables Cocquettes? Celles à qui la conuersation des beaux Esprits a formé l'esprit, au preiudice de la Reputation, sont celles que nous auons rencontrées dans la foule, en trauersant la Nef: Les Dames bien-faites, les curieuses, modestes, tant les

anciennes

anciennes que les modernes, sont appellées icy les Heroïnes: Elles sont le plus bel ornement du Parnasse, elles ne grossissent pas seulement cette Cour, elles la parent, elles l'embellissent, elles sont de la suitte des Graces pour la pluspart. Les plus Sçauantes sont de la Compagnie des Muses; mais comme le nombre de ces dernieres est extrémement petit, elles sont extrémement considerées. Pour moy, dit-il, ie suis tousiours de leur Commerce, tousiours Poëte, Amoureux, Aduenturier; & le mesme d'autres fois. Nous sommes du Cercle, chez la Reyne de Nauarre sœur du Roy François premier, grande faiseuse de Vers. Nous allons souuent chez la Princesse de Conty, chez la bonne Reyne Marguerite, la meilleure & la plus familiere Princesse du monde.

Pendant que M. de Voiture prenoit la peine de m'instruire de toutes ces particularitez, mes yeux s'estoient collez sur vn objet qui me demandoit plus d'attention que ses paroles, il se prit garde de mon extase, & du sujet qui l'auoit causée. *Ces beautez,* me dit-il, *que vous regardez auec tant de plaisirs, ne sont pas si jeunes qu'il vous le semble; elles sont d'vn mesme âge auec le monde, on les appelle les Graces, filles de Venus & de Iupiter.* Il faut aduoüer, luy dis-je, que voilà trois belles vieilles; ie ne pense pas que le Ciel de leur pere, ny tout l'empire de leur mere, en puissent porter qui les égalent? Mais encore, quel est l'employ de ces diuines Personnes en ce Pays? Et quel est ce trauail, où leurs blanches mains sont occupées? Cette pe-

subalternes. Nostre obligeant Conducteur se tuoit de me les montrer : *Celle-cy*, me disoit-il, *que vous voyez la juppe retroussée sur la jambe, les manches doubles & pendantes, auec ce just-au-Corps, façon de la Chine, ondé d'argent, tenant ce papier rayé d'vne main, & sa Lyre de l'autre, s'appelle* Eraton: *C'estoit la Deesse d'Horace, vous voyez encore à ses pieds, ce fameux Amy de Mennas à qui elle fit tant de bien, qu'il eust le courage de nommer Auguste son heritier. Cette Muse est vne grande faiseuse de Chansons, elle les Compose, & les Chante à merueilles.* Monsieur de Voiture acheuoit ces mots, lors que nous oüymes vne voix Diuine qui s'adiustoit auec vn instrument de Musique, dont le son m'estoit inconneu. Monsieur de Malherbe nous fit signe de la main, & l'ayant approché : *Escoutez-bien*, nous dit-il, *si vous voulez, & n'oubliez jamais ce que vous aurez escouté : C'est icy la Decision de vostre affaire, c'est icy le grand, l'infaillible, & le souuerain Conseil d'Apollon, il veut satisfaire à vostre demande par la bouche sacrée des Nœuf-Sœurs.* Ie me dispose de tout mon pouuoir à cette insigne faueur : mais en verité, Messievrs ! il n'estoit pas bien aisé d'obeyr à Monsieur de Malherbe ; la volupté sensible que portoit dans mon esprit la voix inimitable d'Eraton, me rendoit presque insensible. Ie ne fus plus le maistre de moy-mesme, ma memoire & mon cœur faillirent à m'abandonner, & si mon Genie n'eust recueilly, & r'ajusté quelques fragmens de cette Musique, ie serois bien en peine de vous redire le sens des choses que nous entendismes. Voyez, du moins, ce qui nous importe, & ce qui est absolument necessaire, pour conclure en faueur de la PROSE, OV DE LA POESIE.

Ce n'est pas tout d'auoir l'Ame aueuglée,
Vn plus grand mal suit cet aueuglement;
Il faut qu'elle soit dereglée,
Iusqu'au dernier déreglement,
Pour n'estre pas du sentiment
Et des Dieux, & de la Nature,
Ils n'ont point fait de Creature,
De Monde, d'Animaux, de Ciel, de Firmament,
Qu'auec le nombre, & la mesure.

1. ERATON la Lirique auec sa Lyre.

Quelque bassesse, quelque-aspreté, qu'vne voix-humaine & mortelle puisse imprimer à ces paroles: Il est tousiours vray, MESSIEVRS! qu'elles portent la pensée d'Eraton. Ie ne m'en fusse pas fié à moy-mesme, dans l'agreable trouble où ie m'estois veu, par vn excez de plaisir, si Monsieur de Malherbe n'eust ainsi paraphrazé la pensée de cette Muse. *Elle est du sentiment des Pytagoriciens*, dit-il, *& de tous les Sages, qui disent que l'Vniuers, en son tout, & en chacune de ses parties a esté creé en nombre, & en mesure: elle veut inferer de là, qu'vn Esprit qui n'aime pas la belle Poësie, la Poësie nombreuse, mesurée, & proportionnée aux idées de Dieu, est comme vn Auorton de la Nature, vne Production erronée, qui se tire du grand chemin de l'ordre, & de l'inclination naturelle de tous les Estres.*

Je ne sçay, Messievrs ! si i'oseray faire ma Commission, & si la France ne me sçauroit pas mauuais gré, d'auoir voulu luy rauir l'immortelle Mademoiselle de Scudery, pour obliger tout le Parnasse : Quoy qu'il en soit, il est certain qu'on l'attend, en ce Pays-là, auec impatience.

LE MONT-PARNASSE, OV DE LA PREFERENCE ENTRE LA PROSE, ET LA POËSIE.

QVATRIESME PARTIE.

MONSIEVR de Voiture prit la peine de nous montrer du bout du doigt le Throsne d'Apollon. C'estoit vne claire nuée, couleur d'Arc en Ciel, de laquelle il partoit vne clairté extraordinaire: mais vne clairté douce & supportable, qui recrée la veuë, qui pare & embellit les choses. Il nous montroit en suite le visage Couronné de rayons de ce Dieu des Poëtes. Mais à quoy bon faire le fin ? Ie ne sçay, MESSIEVRS! s'il n'y auoit pas de la proportion, entre mes yeux & leur objet; mais ie suis asseuré, que ie ne le vy point, ie ne voyois pas seulement les Muses, qui ne sont que les petites Sœurs d'Apollon, & des Diuinitez

tite roüe d'Yuoire, ce tour eternel quelles roulent. Qu'est-ce que tout cela, luy dis-je? apprenez-moy ce mystere? *N'auez-vous iamais oüy dire,* respond-il, *en parlant de Prose ou de Poësie, vn Vers bien tourné, vne Periode carrée, ou arrondie comme il vous plaira, cette façon de s'exprimer est tirée de l'employ des Graces; elles n'ont autre chose à faire en cette Cour, qu'à receuoir les Vers, ou la fraze des mains de nostre Censeur, & la mettre sur le Tour pour la former, la polir, ou arrondir, selon que la necessité le requiert; sans quoy la matiere pour pretieuse qu'elle puisse estre, demeure informe, grossiere, & desagreable; elles sont Souueraines,* poursuit-il, *& absoluës, elles donnent leur charactere aux moindres subiets, quand il leur plaist, & reiettent par fois auecque mépris des pieces que leurs propres Autheurs estiment infiniment. Pour mes Lettres, mon petit Roman, mes Vers, & tout le reste que vous auez peu lire de ma façon, ie le puis dire sans vanité, i'ay cét aduantage qu'il a esté receu & trauaillé par les mains des Graces; & que nos diuines Tourneuses, ont donné le tour & l'agréement à tout ce que i'ay escrit; en sorte, que mes Amis se pouuoient bien dispenser de faire mon Apologie. Prenez-garde,* continua-il (& aduançant la main du costé où ie regardois.) *Prenez-garde à ces deux venerables Personnes qui sont au derriere des Graces, elles sont leur Coadjutrices: on nomme la premiere Mademoiselle de Gournay, & l'autre Madame des Loges.* Et cette chaire de velous verd, dis-je, qui est entre les deux, à quel vsage? *C'est* [illegible] respond-il, *pour vne beauté*

que nous auons veuë depuis peu en nostre voyage de France, on l'appelle Mademoiselle de Studery, pucelle de tres-grand renom, & d'vn merite encore plus grand. Nous receuons souuent de ses nouuelles, des Vers, des Letres, des Billets-doux & autres volatiles de sa façon, que la Renommée nous porte à tous les Ordinaires; mais ie vous iure que cela ne fait qu'augmenter nos impatiences, & nos inquietudes: Et elle ne les ignore pas ces inquietudes: Et ie m'estonne que n'ayant nullement l'humeur à la Cocquetterie, ne pretendant rien aux plaisirs du corps, ny à la vanité des belles Personnes: Ie m'estonne qu'elle ne se haste de mourir pour ioüir bien-tost de la ieunesse immortelle du Parnasse. Ie m'estonne qu'elle tienne encore par vn filet à la vie; à cette vie basse & rempante de la Cour; qu'elle se contente du Nom emprunté de Sapho, d'auoir fait la fortune du grand Cyrus, & de la Clelie, & d'estre la Souueraine, dans le Royaume du Tendre. Elle merite sans doute quelque chose de mieux, & la pension du Cardinal Mazarin, les Vers, les Vœux, & les Sacrifices de Mesnage ou de Pellisson, ne doiuent pas borner l'ambition de celle qui est destinée pour l'illustre Rang de Compagne de Mesdames Deloges & de Gournay.

Au reste, adiousta-il, si vous la voyez quelque iour, asseurez-la sur ma parole, qu'apres Pasithée, Thalie, & Euphrosine, à qui nous ne sçaurions oster le Nom des premieres Graces, elle, la bonne Amie de Monsieur de BALZAC, & la fille du Sieur de Montagnes, auront leur seance immediatement, qu'on les qualifiera les secondes Graces, ou les graces du second Ordre.

3. VRANIE Astrologue auec sa Sphere.

La sainte Poësie a de Diuins accords,
Que Iupiter adiouste à sa gloire infinie,
Le Ciel ayme son harmonie,
Elle anime, elle émeut tous les celestes corps,
Elle entre dans l'ame des Plantes,
Dont les proportions font les Leçons sçauantes
Au Prophane ignorant, à l'impie, au menteur,
Et tous les mouuemens des bestes retirées,
Chantent des Odes mesurées,
A la gloire de leur Autheur.

Hà! quelle est bien-faite, s'écria Monsieur de Voiture, *regardez-la bien, ie vous en prie, voyez cette mine altiere, voyez cette taille, ces regards esleuez au Ciel, & qui dédaignent la terre. Ne la prendroit-on pas pour mon Vranie du temps passé, elle estoit Astrologue comme celle-cy, elle portoit le monde & le destin du monde dans ses belles mains, comme cette Vranie porte la Sphere.* I'estois rauy de ce que ie venois d'entendre, mais i'enrageois de bon cœur, de ne point voir cette Vranie dont Monsieur de Voiture faisoit la description: ie ne voyois rien, qu'vne certaine nuë blanche, & Crystalline qui se détachoit de ce Thrône d'air espaissy, dont Apollon faisoit le siege de sa Majesté, & d'où ie pouuois comprendre que partoit la voix de la Belle Astrologue; toutes les autres Muses parlerent chacune à son tour de leur Niche Aërienne, & voicy ce que nous pûmes comprendre au recit de la troisiesme.

L'Ame n'estant qu'vn Nombre harmonieux,
Vn Nombre qui s'émeut soy-mesme,
Ne seroit-elle pas dans vn Erreur extréme,
De n'aymer pas le langage des Dieux;
La parole Nombreuse, est vn effet sensible
De cette puissance inuisible
Qui reside au milieu de nous;
C'est vn rayon de la Diuine Essence,
C'est la premiere difference,
Entre les hommes, & les Loups.

1. EVTERPE faiseuse d'Epigramme, auec sa Cornemuse.

Vous la pouuez croire sur sa Parole, nous dît alors l'Illustre Interprete : *La bonne Euterpe n'est pas en Reputation de sçauoir mentir, elle dit les choses comme elles sont, sa nudité est vne preuue de sa franchise & de sa sincerité : La Cornemeuse qu'elle porte, est le symbole & l'instrument des jeux, & de la liberté dont elle fait profession. C'estoit elle qui conduisoit la main de Martial, lors qu'il escriuoit ces Epigrames si renommées : Cette sorte d'Ouurage la fait passer pour vn peu Libertine à la verité; mais elle n'en est pas moins sincere pour tout cela : Elle est veritable autant qu'elle est subtile, & picquante, & ie m'imagine qu'elle croit faire grace aux Ennemis de la Poësie, de ne les appeller que des Loups.*

Remarquez bien celle-cy qui va paroistre, s'écria Monsieur de Voiture; Remarquez son port majestueux, sa contenance guerriere, ses brodequints rehaussez, son espée, la cimarre dont elle est surchargée. Ne iugez-vous pas bien qui ce peut-estre : Ie comprends, luy-dis-je, à la description de cét Equipage, que ce ne peut estre que la Tragique MELPOMENE; mais en verité ie ne la voix point. *Qu'est-ce à dire cela*, repart-il, *c'est sans doute que le iour vous donne dans les yeux.* Il me fait aduancer en disant ces paroles, & nous oüymes prononcer celles-cy, à la quatriesme Muse d'vn Ton graue & extraordinaire.

4. MELPOMENE la Tragique auec son espée.

Les Antiques Germains, & les Peuples du Nort,
A l'aspect de la Poësie,
D'vne saincte fureur, auoient l'ame saisie
Qui redoubloit leur genereux effort,
Au recit des beaux Vers, leurs Trouppes animées
Ont défait des Armées,
Et bien loing moissonné, des forests de Lauriers;
Elle a dicté des Loix, elle a fait des Prophetes,
Et le mesme Demon qui fait les bons Poëtes,
Fait les Braues, & les Guerriers.

Elle veut dire qu'il faut du feu, dît alors le grand Interprete; *il faut du feu pour l'Ame du Poëte, ainsi qu'il en faut pour l'Ame des Braues & des Guerriers. Iuuenal l'a dit apres Melpomene, lors qu'il a parlé de la difficulté de faire des Vers, en depit de la Nature.*

Si la Nature le refuse,
Souuent la Cholere le fait.

Aprés ce peu de mots il reprit sa plume & le grand Registre, où il escriuoit le sentiment de chaque Muse, & nous nous apperceûmes aussitost d'vne clairté nouuelle, qui s'éleuoit du dessus de nos testes. C'estoit vn grand Miroir, dont la claire & brillante glace nous jettoit des esclairs de lumiere dans les yeux de temps en temps. *C'est la Sçauante Clion, qui paroist*, nous dist nostre Conducteur, *dont le miroir que vous voyez, represente toutes les Histoires des siecles passez, & qui sur cette juppe de tant de couleurs a brodé toutes les aduantures des Peuples, & des Empires. Ecoutons cette merueilleuse fille; elle ne dit iamais rien qui ne soit pour l'instruction autant que pour le plaisir.*

5. CLION Historienne auec son Miroir.

Des hommes du commun, les communes Histoires,
Se peuuent passer de nos soings;
Mais pour les beaux exploicts, pour les grandes victoires,
Nos Vers sont d'illustres témoings:
Ie m'oppose au decret des fieres destinées,
Et ie deffends l'honneur des testes Couronnées,
Contre le temps, la mort, & la fatalité,
Ie démesle les Noms d'Armant, & d'Alexandre,
De leur poussiere, & de leur cendre,
Et leur ouure vn chemin à l'immortalité.

Elle a raison, dist incontinent Monsieur de Malherbe: *C'est elle qui par la force des beaux Vers, comme par l'effort des Charmes, ressuscite la gloire des Grands-hommes, qui sembloit morte apres eux. Elle penetre les Marbres, elle entre dans les Tombeaux, elle y va separer le Ministre d'Estat, d'auecque l'homme, le Conquerant, & le Victorieux d'auecque le mortel & le corruptible. Elle démesle leurs grands-Noms, que la mort auoit confondus dans la poussiere : elle les rend au monde, & plus grands & plus illustres, elle en fait l'idée & l'exemplaire d'vne veritable valeur.*

La sixiesme Muse, qui parut, estoit faite comme vne Amazonne, elle auoit les mains découuertes, & sur le bras-nud, la manche retroussée. Elle auoit des Couronnes sans nombre sur son Bouclier, elle en portoit dans les mains, & Monsieur de Voiture qui distinguoit parfaitement toutes ses merueilles, nous assura que c'estoit de ces dignes-mains, de ces mains sacrées, & venerables, que le merite attendoit sa recompense. Celle-cy s'explique en ces termes;

6. ALLIOPE eroïne a- e des Cou- nnes.

Nous sommes les Reynes des cœurs,
Toute l'antiquité venera nos miracles,
Apollon nous nomme ses Sœurs,
Et c'estoit par nos voix qu'il rendoit ses Oracles:
Les ignorans ont mal compris
La nature & l'estat de ces rares esprits
Qui suiuent nostre art Poëtique,
Leur feu n'est qu'vn rayon de la Diuinité,
Leur charme, & leur yuresse vne felicité,
Et leur fureur vne force heroïque.

Monsieur de Voiture se prit à dire que cette

Muse iustifioit les transports & les emportemens des Poëtes, contre les Calomnies des ignorans. *Elle a sujet de les justifier*, repart le grand Interprete, *puis qu'elle les cause : C'est icy cette Callioppe celebre, les Amours & les joyes mortelles de nostre Apollon, c'est la mere du genereux Orphée, dont la force heroïque dompta les Lions ; dont les chants adoucirent les Tygres, & desarmerent les Enfers.* Cette Calliope que ie ne voyois point, & dont i'entendois les Eloges, laissa choir à nos pieds vne de ses Couronnes de Laurier qu'elle portoit : Ie fûs vn peu surpris de cette aduanture, lors que Monsieur de Malherbe me pria de la releuer. *Cette Muse est plus liberale que les autres*, me dît-il, *& l'on ne l'escoute gueres auec complaisance, qu'elle ne fasse de semblables presans. Les autres recompensent l'honneur & le culte qu'on leur rend, celle-cy paye le plaisir & la gloire qu'elle donne. (Vous pouuez garder cette Couronne*, continua-il, *non pas comme vne preuue de vostre heroïque vertu) car vostre monde ne porte plus des Heros (Quoy qu'on vous die) mais seulement comme la preuue de vostre inclination heroïque.* I'accepte la Couronne puis qu'il vous plaist, luy dis-je ; mais ie ne l'accepte pas pour moy, ie sçauray mieux loger le present du Ciel ; & la diuine Calliope sera satisfaite de ma conduite, & de ma modestie tout ensemble.

Ie n'auois pas acheué de parler, que tout le Sanctuaire fut parfumé d'vne odeur celeste, & le Consistoire inondé d'vne pluye de Rose : Ie

Fleurs de Rhetorique. pense pourtant que ie me trompe, & que ce n'estoit ny Rose, ny Iasemin; ie iurerois bien que c'estoit de fleurs; mais de vous dire de quelle espece de fleurs, c'est ce que ie ne sçaurois faire: leurs beautez n'estoient pas visibles aux yeux du corps; mais leur odeur estoit sensible à l'Ame, elle en ressentoit de la joye, & en mesme temps nous oüymes reciter ces Vers.

7. POLYMNHIE l'Eloquante vn Liure ou des Fleurs.

Les Figures & l'ornement
Dont la Prose paroist si pompeuse & si fiere,
Sont de rayons de ma lumiere,
Et de sa pauureté l'infaillible Argument;
L'éloquence sublime est tousiours mon partage,
Et lors que pour atteindre à ce rare aduantage,
La Prose met au iour son desir trop hautain,
Son effort affecté n'est pas moins ridicule,
Que le seroit l'effort d'vn nain,
Qui voudroit se seruir des Armes d'vn Hercule.

Monsieur de Voiture commence à battre des mains: *Hé bien!* dit-il, *ne voilà pas, ce que ie disois hier à nostre cher Monsieur de Vaugelas, que la Prose n'a point d'ornement naturel, qu'elle vit d'emprunts, & qu'elle doit tout ce qu'elle a de grand, & de merueilleux à la Poësie. Cela est si vray*, reprit Monsieur de Malherbe, *qu'il ne faut que lire la vie, ou la Legende de nostre Apollon:* Et en mesme temps, ayant pris vn grand Liure, dont la couuerture estoit de lames d'or, enrichies de pierres preticuses, il l'ouurit, & y l'eut hautement ces grandes paroles.

Cét illustre fils de Latone, & de Iupiter n'ayant peu voir sans émulation l'adresse de Cadmus Roy de Thebes, qui auoit inuenté les Lettres Alphabetiques, fit tant par ses Meditations, qu'il trouua quelque chose de mieux que la Prose: Il commença cet Art de Cadmus, & à cet Art de ranger les paroles, il adiousta celuy de ranger les syllabes mesmes: Il les regla à certaines mesures adiustées à l'oreille, il en fit des Vers, & composa enfin la diuine Poësie; ensuite de quoy s'apperceuant de la conuenance, ou simpatie de son nouuel Art, auec toutes les Ames raisonnables; comme elles se laissoient charmer agreablement à sa Melodie, il comprit que les Paroles ordinaires n'estoient pas assorties dignement à vne chose si belle, & extraordinaire. Ce fut alors qu'il inuenta les paroles figurées, pour s'écarter des routes vulguaires, & s'exprimer noblement. Il esleua par ce moyen sa Poësie au dessus du langage des Hommes, il en fit la plus rare merueille du monde, jusques-là, que Minerue mesme, cette Sçauante Reyne d'Athenes, amoureuse de l'artifice des Vers, de leur nombre, de leur cadance, & de leur mesure, rauie d'ouyr chanter des Hymnes, & des Odes, au grand Apollon, de luy voir animer son chant par ses paroles, par des paroles choisies & releuées, & voyant comme il charmoit les esprits par vne double merueille, se resolut enfin de se seruir de ses Figures pour orner sa Prose, afin que par cet emprunt elle la releuast & ne la laissast pas si fort au dessous des graces de la Poësie.

Apres cela (dit le grand Interprete) *pourroit-on douter sans impieté, que les Figures, & l'Eloquence ne soient des biens propres & fonciers de la Poësie; & que cette sorte de beauté, ne soit appliquée sur le visage de la Prose?* Ie demanday le Nom de cette Muse: on la nomma *Polymnie*, si ie ne me trompe, elle portoit vn Liure sous le bras pour marque de son Employ, son langage estoit charmant, sa taille, sa mine, & son port estoient admirables, à ce qu'on disoit: car pour moy ie n'eus pas de meilleurs yeux pour celle-cy, que pour les autres.

Nostre cher Guide nous demanda nostre attention toute entiere pour Terpsicore; c'est ainsi qu'il nomma la huictiesme Muse, qui parut. *Cette Doucette*, nous dit-il, *preside aux diuertissemens de la Campagne; elle est Ennemie du Faste, & de la Pompe des Villes: C'est elle que le bon-homme Monsieur d'Vrfé consultoit sur les bords du fameux Lignon, lors qu'il trauailloit à la perfection de sa diuine Astrée. Les Egloques, les branles de Poictou, les Chansons à danser, les Amours des Champs, sont de son ressort: Elle regle toutes ces choses, au son de sa Fluste, & ce Rustique instrument qu'elle porte, ne fait pas moins bien sa Partie dans le grand-Concert du parnasse, que la Lyre, mesme la Viole, ou le Luth de nostre Apollon.*

Voicy les paroles que i'emportay du recit de cette charmante Bergere.

C'est

C'est estre l'ennemy des plus aimables choses,
C'est preferer le Buys, aux Roses,
Et les Pauots, aux Lauriers tousiours verts;
De preferer la Prose aux Vers;
Ainsi que d'Apollon l'harmonieuse Lyre,
L'emporte sur le Flajolet,
Ainsi que de Philis le teint plus blanc que laict,
Est preferable au teint du Faune, & du Satyre,
Ainsi, quoy qu'on en puisse dire,
La Poësie a des appas,
Et des Charmes secrets, que la Prose n'a pas.

8. TERPSICORE auec sa Flus-te.

A peine celle-cy auoit-elle acheué, qu'vn vieux-homme vestu de long à la Romaine, demanda silence. Ie m'informay du Nom, & de l'employ de cet homme: on me dît qu'il s'apploit PLAVTE, premier Escuyer de la Muse Thalie, & Decorateur ordinaire des Theatres; que cette Thalie qui paroissoit, estoit vne Princesse Comique, grande faiseuse de Pieces; mais la plus jolie & la plus diuertissante personne du Parnasse. *Cette Muse*, me dît mon Guide, *represente toutes les autres, quand il luy plaist, elle est Bergere auec Terpsicore, éloquante auec Polymnie, heroïque auec Calliope: elle est genereuse, elle est Historienne, elle est Astrologue, elle est tout ce qu'elle veut estre. Voyez ce Masque qu'elle soustient de la main droicte contre son visage, c'est la marque de son authorité, & de ses inclinations; elle aime les changemens, aussi bien que la fortune; mais ce sont changemens d'habits, & de Scene.*

Elle met des gueux sur le Throne, elle renuerse des Roys, elle beatifie les Amans, & tout cela dans le terme des vingt-quatre-heures. Au reste l'Ancienne Rome la fort honorée: elle estoit en faueur auprés de Neron, ou pour dire mieux, celuy-cy estoit en faueur auprés d'elle. Les premieres testes du Monde, & les plus Sages du Senat, estoient de sa suitte, elle en faisoit ses Triuellins, & ses Escaramouches. Pour moy, continua-il, *qui m'empresse de la loüer, comme vous voyez, ie rends ce témoignage à la verité qui m'est connuë, plustost qu'à aucun sentiment d'amour que i'aye pour elle. Nous n'auons iamais esté bien ensemble, depuis qu'elle a preferé son Plaute, à nostre Terence; mais oyons ce qu'elle veut dire touchant la Poësie.*

9. THALIE Comique masque.

Il arriue souuent dans vne Comedie
Que lors qu'vn Docteur s'estudie
A faire l'Amoureux, le Prince, ou le Vaillant,
Il dégouste le monde,
Tout le Parterre en gronde;
Ainsi, quand l'Orateur veut faire le galant,
Il a, dit-on, trop de courage,
Ce n'est pas là son Personnage,
Cét estat est pour luy, vn estat violant,
Il ne plaist point, & quoy qu'on puisse dire,
Sans plaire à personne, il fait rire.

Monsieur de Voiture ne cessoit de me demander mon sentiment, touchant la beauté, l'enjoüement, & l'embon-point de *Thalie*, à quoy ne pouuant répondre que des Espaules: *il me semble*, dit-il, *que c'est assez mal reconnoistre les soings qu'ont pris nos Diuinitez, de vous satisfaire. N'en est-il point parmy elles, dont la beauté puisse meriter vn mot de loüange de vostre bouche?* I'estois fort embarrassé d'vn semblable reproche; mais enfin tirant des forces de ma foiblesse, ie taschay de le bien persuader de mes obligations, & de ma reconnoissance: Mais, luy dis-je, peut-on dire la verité en ce Pays, sans se rendre indigne du commerce de vous autres, MESSIEVRS! & de la grace que vous m'auez faite? *Toutes les veritez ne sont pas bien dites,* me respond-il, *comme vous sçauez; mais pourueu qu'on ne s'émancipe à parler veritablement des Dieux, ie veux dire de faire des liures sur la verité des Fables, comme a fait ce beau Monsieur de Maretz, qui s'est allé rompre la teste pour faire naistre & mourir Iupiter, Apollon, & les autres Dieux, qui a en fait des hommes autant qu'il a peu, qui a renuersé toute nostre Theologie; Pourueu, dis-je, qu'on ne tire cette verité du Puits où Democrite la logée, ie vous cautionne que vous pouuez dire tout ce qu'il vous plaira sans peril.*

Ce que i'ay à dire, ne regarde point vos Dieux, luy dis-je; au contraire, c'est vne declaration veritable & sincere que ie faits de n'auoir sceu les regarder: ie me suis frotté les yeux, i'ay changé de place, comme vous m'auez conseillé; mais pour tout cela, ie n'ay rien veu: C'est ce qui m'a donné quelque opinion que toutes vos Muses sont des Thalies, que tout ce qui s'est passé entre vous & nous, n'est qu'vne Illusion Comique:

Ie doute, enfin, à vous parler sans déguisement, ie doute malgré moy-mesme de l'existence, & de la realité de vostre Parnasse.

Ce n'est pas le moyen d'estre iamais agregé parmy nos Illustres, dît alors Monsieur de Voiture; *mais attendant qu'il plaise à nostre Apollon de vous illuminer, & que vous puissiez estre vn peu mieux instruit des Principes de nostre Religion; cachez mieux vostre erreur, & vos heresies, ie vous en prie, cachez-les pour l'amour de moy, de peur qu'on ne me blasme d'auoir introduit vn Prophane dans le Sanctuaire.*

LE MONT-PARNASSE, OV DE LA PREFERENCE ENTRE LA PROSE, ET LA POËSIE.

DERNIERE PARTIE.

MONSIEVR de Malherbe dît qu'il estoit temps de nous faire sçauoir l'intention du Parnasse, touchant la question proposée.

Le sentiment de cette derniere Muse, dit-il, *n'a pas besoin de Commentaire, elle declare par vne comparaison tirée de son employ, que la Gallanterie, aussi bien que l'Amour, la Grandeur, & la Vaillance, ne sont point de l'apannage de la Prose: Qu'vn Orateur ou vn Historien qui sort des bornes de la Modestie, qui prend vn vol trop haut, vn style trop enjoüé, ou trop heroïque, est vn veritable Poëte en Prose, & vn Ridicule mal-plaisant.*

I'estois rauy de me voir à la fin de mon voyage, & en estat d'acheuer heureusement mon Pris-fait, lors que nous entendons battre à la Porte si rudement, que du coup, les celestes gonds furent presque ébranlez. La mysterieuse Porte en fut entreouuerte, & nous vismes paroistre en mesme temps, vn grand-homme Couronné de Lauriers, qui luttoit de toute sa force & se débattoit contre vne puissance inuisible, qui luy deffendoit l'entrée du Sanctuaire. *Il a beau se débattre*, me dît Monsieur de Voiture, *il n'entrera iamais, s'il ne se défait de la moitié de sa Taille.*

Ie fûs estrangement surpris lors que ie reconnu cet homme, pour le grand BALZAC Lieutenant general d'Apollon, que nous auions rencontré dans le bas Parnasse, le iour precedent: Il ne contesta pas plus long-temps auec son destin; mais s'estant contenté de montrer son nez, par l'ouuerture de cette Porte inflexible: Ie pris garde que le Sieur de Vaugelas, quitta sa place pour aller à luy, & que l'incomparable Escriuain en se retirant, luy mit en main vn petit Liure in-Octauo, Relié en Marroquin, & doré sur Tranche de la maniere d'Augustin Courbé Marchand-Libraire à Paris. Le sieur de Vaugelas ayant baisé le Liure receu, fit trois profondes genu-flections deuant la nuée brillante du grand Apollon, & se prît à dire ces grandes paroles d'vn ton graue, haut & intelligible.

Diuinité lumineuse, lumiere de nos Esprits, Esprit viuant, & qui viuifiez toute la Nature, Chef des Muses dans le Parnasse, Prince des Astres dans le Ciel, Createur de l'or dans les flancs de la Terre, Pere des Perles dans la Mer! Voicy de l'Or, voicy des Perles, voicy des Astres que nous vous offrons, voicy vostre Chef-d'œuure, & le dernier effort de l'Eloquence ; c'est l'incomparable Aristipe, qui vous demande la Couronne d'honneur, & de Preference que vous ne refusez iamais au merite.

Apres cette courte Oraison, le sieur de Vaugelas se releue, remet le Liure sur la Table, & s'adresse à Monsieur de Malherbe, par cette apostrophe. *Et vous*, luy dit-il, *illustre Censeur, Organe infaillible de ce Dieu, & diuin Interprete des Muses! vous deuant qui l'enuie ny l'ignorance n'éleuent point de Trophées contre la verité, ne prononcerez vous pas en faueur de la Prose sur la foy & la déposition de cet* ARISTIPPE?

Ie vous aduoüe, respond Monsieur de Malherbe, que ce dernier enfant de nostre bon Amy, a plus de credit dans le Parnasse que son propre Pere, mais il a de fortes Parties. Voyez, continua-il, si vous n'auez point d'autres pieces contre la Poësie.

Non, non, s'écria Monsieur de Vaugelas, *il n'en faut point d'autres, vous estes seulement suppliez de considerer que l'Autheur de ce Liure, n'est plus ce* BALZAC *de vingt-cinq ans, qui n'auoit pas encore gagné le cœur de* MESSIEVRS *les Critiques: Que c'est ce grand* BALZAC, *à qui la vieillesse a meilleuré les yeux, & le goust, comme il l'aduoüe luy mesme, pour donner toute sa perfection à son cher* ARISTIPPE, *à son Chef-d'œuure, & à son Fauory. Il vous plaira de considerer, que ce Liure est l'ouurage de vingt-années, qu'il a eu l'honneur de plaire au grand* RICHELIEV, *qu'il a eu l'estime & l'ap-*

probation de Christine, la fille du grand Gustaue, la grande, l'incomparable Christine, pour laquelle il se permet, & renouuelle l'ancien vsage des acclamations, dans l'Auant-propos de son Liure.

I'estois bien en peine de deuiner la nouuelle Charge de Monsieur de Vaugelas, & ie m'imaginay d'abord qu'il empietoit celle d'Introducteur sur nostre cher Guide, lors que Monsieur de Voiture luy mesme eut la bonté de nous éclaircir de la verité. *Penseriez-vous*, dit-il, *que nostre Parnasse, ne fust autre chose qu'vne Eschole de Rhetorique, qu'vn Theatre de Comedie, ou bien vne Imprimerie de toute sorte de Liures? C'est encore vne bonne Cour, vne Academie d'honneur & de vertu, où la ciuilité se montre, se rend, & se pratique. Monsieur de Vaugelas se souuient de ce que Monsieur de* BALZAC *a dit de son viuant en faueur de sa noble Traduction de Quinte-Curse*, que si l'Allexandre de Philippe estoit inuincible, celuy de Vaugelas estoit inimitable. *C'est donc par gratitude & par reconnoissance qu'il se fait auiourd'huy le Soliciteur* d'ARISTIPE : *Mais*, continua-il, *s'il est reconnoissant, il faut que nous soyons justes & que dans l'occasion de rendre témoignage à la vertu d'autruy, nostre silence ne passe pas pour vn sentiment d'enuie, ou de jalousie. On ne sçauroit nier*, dit-il, *que cet Aristipe ne soit vn tres-galand homme; il entend si bien sa Cour, qu'on diroit qu'il a estudié en mesme Eschole, auec le feu Duc d'Espernon, ou du moins qu'il a pris ses mesures sur la vie de ce vieux Fauory. Il sçait son Tacite sur le bout des doigts, il est Politique, il est Philosophe: Mais en bonne foy, seroit-il ce qu'il est, s'il n'auoit receu quelques*

ques faueurs de la belle Raillerie, la plus ancienne & la premiere Maistresse de nostre illustre Balzac. *C'est elle qui luy met de petits contes, & des Historiettes à la bouche, qui n'ennuyent point; elle luy donne cet air inimitable, & ce ie ne sçay quoy, qui surprend, & qui plaist; de maniere qu'on ne peut s'empescher de reconnoistre le grand* Balzac, *dans le petit Aristipe. Il se mocque de la Fortune, il ioüe ceux qu'elle éleue, & en se ioüant, il instruit: sa Morale & sa Politique deuiennent Populaires, sans laisser d'estre fines & sçauantes: Il est deceuant, il s'insinuë, il se coule dans les cœurs, ses paroles sont douces, son style est sublime, & son charactere particulier. En vn mot, Monsieur de* Balzac *a grande raison d'aimer cet Aristipe, c'est vn enfant bien-nay, vn genereux qui vange son Pere, & de ses Ennemis, & de ses propres malheurs; & qui le rehabilite dans l'honneur & dans la reputation que le Reuerend Pere Goulu luy auoit rauie.*

C'est assez, s'écria Monsieur de Malherbe, *laissons-là tout ces sentimens humains, pour oüir & pour prendre les sentimens du Ciel.* Il n'eût pas acheué ces mots, qu'on eust dit, par le silence general, & par la suspension du Sacré-College, qu'Apollon luy mesme alloit parler. Monsieur de Malherbe appuyoit sa teste sur ses deux mains, & ses mains sur la table, le cher Voiture, & tous les autres beaux Esprits prestoient l'oreille.

Mon Genie m'obligea de faire comme les autres; mais d'entendre parler Apollon, ce n'est pas le Priuilege des hommes. Cette parole est vne certaine impression de lumiere, vn certain attouchement spirituel, dont les seuls Autheurs sont capables. I'auois oüy les Muses, mais par vne necessité de difference, entre les Diuinitez du premier Ordre, & les moindres Diuinitez: Ce Dieu fut inuisible, & incomprehensible pour nous. Voicy ce que son Secretaire, & le grand Interprete des Muses, nous rapporta, apres quelques momens d'attention, qu'il donna dans vn profond silence, à l'intelligence de ce Mystere.

APOLLON FILS DE IVPPITER ET DE LATONE,
FRERE DE LA BELLE DIANE,
VAINCOEVR DV SERPENT PITHON,
AMY DV BEAV HYACINTE,
AMANT DE DAPHNE', ET DE CIRENE;
APOLLON VICTORIEVX DV TEMERAIRE
MERSIAS PAR LE CHANT DE LA FLVSTE;
APOLLON DIEV DE LA MEDECINE,
INVENTEVR DES VERS ET DE LA MVSIQVE;
SOVVERAIN DE L'ISLE DE DELOS.
CE CHEF DES MVSES,
CE PRINCE DV PARNASSE,
LE CONDVCTEVR DES PARQVES.

Cet Apollon enfin qui n'a pas moins de Titres d'honneur, que de rayons de lumiere, fait sçauoir à toute la Terre qu'il s'oublie auiourd'huy de tous ses Titres mysterieux, pour prendre celuy d'Arbitre de la Paix, & pour terminer enfin par son authorité souueraine, l'ancienne querelle des Vers & de la Prose. C'est icy qu'il assigne sa place & son rang à chacune de ses facultez.

C'est pour cela, qu'il iure par le Fleuue Stix; *Qu'il condamne des à present comme pour lors à l'aueuglement Eternel, à l'ignorance crasse, aux tenebres Symmeriennes, comme rebelles aux Loix de l'estat & criminels de leze Majesté Poëtique; tous ceux ou celles qui oseront soustenir, soit dans la Cour, soit dans la Conuersation, ou dans la Conference, par jeu, ou autrement, pour quelque pretexte que ce puisse estre, le contraire de sa volonté diuine, de laquelle nous auons l'honneur d'estre l'Organe & le depositaire.*

Ie trouuay cet Auant-propos furieusement bien en la bouche de Monsieur de Malherbe: Ce fût vn Manifeste terrible qui estoit absolument necessaire pour nous insinuer, du moins à nous autres hommes, la crainte, & la veneration qu'on doit à la Majesté de ce Dieu.

Le grand Secretaire d'Apollon ayant soûleué auec ses deux mains le Registre y leut ces belles, & ces effectiues Paroles.

La POËSIE *aura desormais en tous lieux,*
Le rang qu'elle a dans le Parnasse,
Elle aura la premiere place,
Et dans la Cour, ainsi que dans les Cieux,
Elle sera tousiours le langage de Dieux.

Contiuère omnes, intentique ora tenebant.

On se regardoit l'vn l'autre sans dire mot; Monsieur de Malherbe toussa, & aussi-tost, il reprit ainsi sa Lecture.

La Proſe d'Ariſtipe eſt heureuſe & ſçauante,
C'eſt auecque raiſon que ſon Autheur ſe vante
D'eſtre vnique en ſon art,
Elle ſeule elle aura cette bonne fortune
De faire vn ordre à part,
Entre la Poëſie, & la Proſe commune.

De maniere, MESSIEVRS! *adiouſta le Secretaire d'Apollon*, que tous ceux qui parleront comme Ariſtipe, parleront comme les demy-Dieux: Ils feront vn genre particulier d'Eloquence dans leur Proſe, comme ont fait les Voitures, & les Malherbes. Ils n'égaleront pas, à la verité, l'excellence, & la Majeſté de la Poëſie, mais ils s'éloigneront infiniment, de cette baſſe & commune façon de s'énoncer, qui n'appartient qu'à la Proſe. Les *Princes* meſmes, chez Monſieur de BALZAC, les *Romains*, les *Socrates*, ne parleront iamais ſi bien que cet *Ariſtipe.* C'eſt vn Cadet qui ſurpaſſe tous ſes Freres en merite, & en valeur. C'eſt pourquoy le juſte Apollon luy donne vne place metoyenne entre le Ciel & la Terre: Il luy aſſigne la place qu'on donne aux Heros, & à la Vertu meſme. Et ie vous puis iurer, que c'eſt en faueur de cet Ariſtipe, qu'on ne relegue pas toutes les Proſes, comme on auoit reſolu, aux confins de la Barbarie, dans l'Iſle des Gazettes, parmy les Analiſtes, chez les Faiſeurs de Contracts, & de Sommations, ou tout au moins aux Pays des Edicts & des Ordonnances.

C'est pour l'amour d'Aristipe, & en considération des bons & fidelles seruices qu'il rend & qu'il est en estat de rendre à l'Eloquence, qu'il sera permis à l'aduenir à tous ceux qui le sçauront imiter, d'entreprendre les Traductions importantes, les Romans serieux, & gallands, l'Histoire des Roys & des Estats, des grandes Guerres, des Fauoris illustres. Il leur sera permis, à ces heureux imitateurs, d'écrire les belles Lettres d'Amour, & de consolation, de faire de belles Railleries, & de de belles Conuersations: & d'entreprendre tous autres Emplois dignes de l'Eloquence humaine; mais il ne leur sera permis aucune de toutes ces choses, qu'apres auoir presté serment en tel cas requis, au pied de nos Autels, qu'ils reuerent la saincte & la diuine Poësie, qu'ils la reconnoissent pour la Fauorite du Ciel, pour la Maistresse des Ames, & pour leur Souueraine; & qu'enfin, elle a le droit legitime de Preference sur la Prose.

FIN.

I'AY leu vn Liure intitulé *le Mont-Parnasse ou de la Preference entre la Prose & la Poësie.* Composé par M. D. S. dans lequel ie n'ay rien trouué qui en puisse empescher l'Impression, s'il plaist à Monseigneur le Chancelier. Pour foy dequoy i'ay Signé.

DE MESERAY.

LOÜIS PAR LA GRACE DE DIEV ROY DE FRANCE ET DE NAVARRE, à Nos amez & feaux Conseillers, les Gens tenants nos Cours de Parlement, Baillifs, Seneschaux, Preuosts, ou leurs Lieutenants, & autres nos Iusticiers & Officiers qu'il appartiendra, Salut. Nostre Amé PIERRE DE BRESCHE, Marchand-Libraire & Imprimeur ordinaire de la Reyne, de nostre bonne ville de Paris. Nous a fait remontrer qu'il auroit recouuré vn Liure qui a pour titre *Le Mont-Parnasse, ou de la Preference entre la Prose & la Poësie, &c.* Composé par M.D. S. lequel il desireroit mettre au iour & faire imprimer, mais il craind que quelques Libraires ou enuieux de son trauail ne voulussent s'ingerer à l'Imprimer & contrefaire. Pour lesquels empescher il nous auroit tres-humblement supplié luy vouloir accorder nos Lettres de Permission à ce necessaires. A CES causes desirans fauorablement traitter ledit Exposant: Nous luy auons permis & permettons par ces Presentes d'imprimer, ou faire imprimer, vendre ou debiter ledit Liure par tous les Pays, Terres, & Seigneuries de nostre obeyssance, en telle marge, caractere, volume & grandeur que bon luy semblera, pendant le temps de sept années entieres & accomplies, à commencer du iour qu'il sera paracheué d'imprimer & mis en vente pour la premiere fois, faisant tres-expresses inhibitions & défences à toutes personnes de quelque qualité & condition qu'elles soient de l'imprimer ou faire imprimer, sous aucun pretexte que ce soit, comme de Correction, augmentation, changement de Titre ny autrement en quelque sorte ny maniere que ce soit, à peine de deux mille liures d'amende applicable, le tiers à Nous, l'autre à l'Hostel-Dieu, où la contrauention aura esté faite, & l'autre tiers audit Exposant, Confisquation des Exemplaires & de tous despens, dommages & interests, à la charge de mettre deux Exemplaires dudit Liure en nostre Bibliotheque publique, vn en celle de nostre Chasteau du Louure, & l'autre en celle de nostre tres-cher & feal Cheualier, Chancelier de France, le sieur Seguier, auant que l'exposer en vente ou faire Registrer les Presentes és Registres du Syndic de la Communauté des Libraires de nostredite ville de Paris à peine de nullité des Presentes. Voulons en outre qu'en mettant au commencement ou à la fin vn Extraict ou vidimus des Presentes, foy soit adioustée comme au present Original & qu'elles soient tenuës pour deuëment signifiées

& venuës à la connoissance de tous: Si vous mandons & à chacun de vous, si comme appartiendra, Enjoignons par ces Presentes que vous ayez ledit Exposant à faire ioüir d'icelles plainement & paisiblement, faisant & faisant cesser tous troubles & empeschemens contraires, & au premier nostre Huissier ou Sergent sur ce requis faire pour l'execution des Presentes tous Exploicts requis & necessaires, sans pour ce demander autre Permission; nonobstant toutes oppositions ou appellations quelconques & sans preiudice d'icelles: Clameur de Haro, Charte Normande, prise à partie & Lettres à ce contraires ausquelles auons derogé & derogeons pour ce regard. CAR tel est nostre plaisir: Donné à Paris le 8. Iuillet, l'an de grace 1663. & de nostre Regne le 21.

Par le Roy en son Conseil.

LE IVGE.

Registré sur le Liure de la Communauté.
Signé MARTIN Syndic.

Les Exemplaires ont esté fournis.

www.ingramcontent.com/pod-product-compliance
Ingram Content Group UK Ltd.
Pitfield, Milton Keynes, MK11 3LW, UK
UKHW012044240726
13965UKWH00003B/1041

9 782013 089067